JN043020

口入屋用心棒

猿兄弟の絆

鈴木英治

双葉文庫

目次

猿《ましら》兄弟の絆

口入屋用心棒

第一章

一

衣擦《きぬず》れの音がした。

居住《いず》まいを正すや、岩田屋恵三《いわたやけいぞう》は平伏《へいふく》した。

するすると襖《ふすま》が動いていく。畳を踏む音が耳を打ち、眼前に人が座った。

「面《おもて》を上げよ」

厳《おご》かさを感じさせる声がかかり、はっ、と答えた恵三はいわれたようにした。

「遠慮はいらぬ。もそっと顔を上げるがよい」

重ねて命じられて息を詰めた恵三は、相手から顔が見えるよう上体を起こした。

「岩田屋恵三」

傲岸《ごうがん》な声音が降ってきた。

「相変わらずの悪相よな。そなた、江戸中に悪名が鳴り響いているそうではないか」

恵三の頭上で哄笑《こうしょう》が渦巻《うずま》く。自らの悪相はなんともしようがないが、と恵三は唇を噛み締めて思った。

「信濃守《しなののかみ》さま、手前の悪名が鳴り響いているなど、滅相《めっそう》もございません」

遠慮を捨てて顔を上げた恵三は、脇息《きょうそく》にもたれて笑っている男を見やった。

老中首座堀江《ほりえ》信濃守和政《かずまさ》である。十日ほど前に急死した本多《ほんだ》因幡守《いなばのかみ》の後任として、今の地位に就《つ》いたばかりだ。

「いや、江戸でそなたの悪名を知らぬ者などおらぬと聞くぞ」

恵三を凝視《ぎょうし》して信濃守が断ずる。

「富士山の噴火がまったくおさまりを見せず、民どもの不安はいやが上にも増しておる。そんな中、値上がりを見込んで米の買い占めに勤《いそ》しんでおるそうではないか」

「勤しむというほどのことは、いたしておりませんが……」

「このところ、米の値が高騰しておるが、そなたが裏で糸を引いていると、もっぱらの噂《うわさ》だ。そなたはこの江戸でも五指に入る米問屋のあるじゆえ、そう仕向けることなど造作もあるまい」

「いえ、手前にはそのような力など……」

「なに、謙遜《けんそん》せずともよいのだ」

信濃守が鷹揚《おうよう》に手を振った。

「そなたがどのようなことをしようと、余は一向に構わぬ。金儲けにつながるなら、いくらでもするがよい。そなたが潤《うるお》えば、余も潤うのだ。これまでそなたがせっせと貢《みつ》いでくれたおかげで、余はこうして老中首座にまで上り詰めることができた。感謝しておるぞ」

「はっ、畏《おそ》れ入ります」

「ところで岩田屋」

軽く息をついた信濃守が口調を改める。

「つい最近、余の耳に入ったのだが、そなたの金儲けの手立ては、米の買い占めや売り惜しみだけではないそうよな」

なんと、と恵三は声を漏らしそうになった。ずいぶん確信に満ちた口ぶりではないか。

――まさか、あのことを知っておられるのではあるまいな。これまで信濃守さまに話したことなどないのに、どういうことなのか。

「はて、なんのことでございましょう」

恵三はとぼけてみせた。

「岩田屋、しらを切らずともよい。そなたは金に物をいわせて、やくざ者を手下に取り込み、賭場《とば》を営んでおるそうではないか」

――なんと。いったいなぜ信濃守さまは、そこまで知っておられるのか……。

いや、とすぐさま恵三は心中でかぶりを振った。

――ご存じでも、妙ではない。老中首座ともなれば、あることないこと吹き込む輩《やから》が出てくるのだろう。中には、真実を伝える者もいるにちがいない。

「賭場では大店《おおだな》のあるじを鴨《かも》にしておるそうだな」

信濃守が追い打ちをかけてきた。

「寄合《よりあい》で同業の主人と親しくなって賭場に誘い、わざと勝たせるのが最初の手と聞いた。何度か勝たせて、あるじが味を占《し》めた頃合に大勝負をさせ、身ぐるみ剝《は》ぐらしいのう。そなたには、博打《ばくち》の借金の形《かた》に奪った米問屋が何軒もあるそうではないか。そのような汚い手を使って、江戸で五指に入る大店にのし上がったとはな。まことに大したものよ」

そこまでご存じだったのか、と恵三は驚愕するしかなかった。誰が耳に入れたのか見当もつかないが、おそらく同業の者にちがいない。阿漕《あこぎ》な手で一気に成り上がった恵三のことを、苦々しく思っている者は少なくない。

「確かにおっしゃる通りのことを、手前はしてまいりました」

観念したように恵三はこうべを垂れた。

「しかし信濃守さま。今は、商売仲間を博打に引きずり込むような真似はいたしておりません」

「それはそうであろう。そのやり口は、同業の者たちにすでに知れ渡っておるはずだ。今さら引っかかる者など、一人もおるまい」

はあ、と恵三は力のない相槌《あいづち》を打った。

「だが岩田屋、そんなことはどうでもよいのだ。余は、そなたを責めておるわけではない。金儲けのために、そなたがなにをしようが、一向に構わぬ」

「ありがたきお言葉にございます」

ぎろりと瞳を回した信濃守に見据えられた。

「ただし、もしそれらの儲けを余に回さぬとあらば、そのときはどうなるか、岩田屋、わかっておるであろうな」

「はっ、それはもう、肝《きも》に銘《めい》じております」

恵三は再び両手をついた。信濃守は、まちがいなく潰しにかかってくるであろう。老中首座ににらまれて生き残れる商家など、この世に存在しない。

「儲けを信濃守さまにお渡ししないなど、手前がそのような愚かな真似をするはずがございません。これまでは儲けの一割をお納めしてまいりましたが、老中首座ご就任のお祝いに二割へと上げるつもりでおります」

「三割にせい」

「えっ、三割でございますか」

面を上げ、恵三は目をみはった。

「平《ひら》老中のときも実に物入りであったが、首座となり、これまでとは比べものにならぬほど費《つい》えが嵩《かさ》むのは目に見えておる。岩田屋、よもや拒《こば》みはせぬであろうな」

すごみを感じさせる瞳で、信濃守が恵三を見る。射すくめられたように感じた恵三は即座に威儀《いぎ》を正した。

「大恩ある信濃守さまのお申し出を、手前が拒むわけがございません。承知いたしました。本日より三割にいたします」

「それでよい。さすが岩田屋は太っ腹よ」

脇息にもたれて、信濃守が満足げに微笑んだ。だが、すぐに笑みを消し、真顔で見つめてくる。

信濃守の表情を見て、おっ、と恵三は瞠目《どうもく》した。今日は対客日《たいかくび》でもないのに、午後の七つになぜ信濃守の役宅に呼ばれたか、その理由が今から語られるのを覚ったからだ。

「岩田屋。そなた、五十部屋唐兵衛《いそべやとうべえ》という男を知っておるか」

「存じております。三河《みかわ》の廻船問屋のあるじで、先般、三艘の巨船にてあらわれ、江戸湊《えどみなと》を力ずくで閉ざすという暴挙を行った者でございます」

「その通りだ」

信濃守が首を縦に振る。

「江戸湊を閉ざすために五十部屋唐兵衛は、見せしめに一艘の千石船を大筒で沈めた。それを目の当たりにした他の船は震え上がり、江戸湊は一切の出入りができなくなったのだ」

「はい。手前もそのように伺っております」

「だがな、岩田屋。実は五十部屋唐兵衛がしでかしたのは、江戸湊を閉ざしたのみではない」

それは初耳である。

「とおっしゃいますと」

興《きよう》を引かれ、恵三は身を乗り出した。

「岩田屋、これから余が申すことは他言無用にせい」

「承知いたしました。決して他には漏らしません」

身を硬くした恵三は唾《つば》を飲み、信濃守の次の言葉を待った。身じろぎし、信濃守が恵三に少しだけ顔を近づける。

「五十部屋唐兵衛は、前《さき》の老中首座本多因幡守さまを殺したのだ」

「ええっ」

驚きが強すぎて、恵三は腰を浮かしそうになった。あわてて座り直す。

「そ、それは、まことにございますか」

「まことに決まっておろう。冗談でこのようなことをいえるわけがない」

「申し訳ございません」

恵三は、すぐさま平伏した。咳払《せきばら》いをした信濃守が、五十部屋唐兵衛がどんな手立てで因幡守を死に至らしめたか、手短に語った。

聞き終えた恵三は、あまりのことに声を失った。深く息を吸い込み、なんとか言葉を口から押し出す。

「笛好きの因幡守さまが町奉行所の揚《あ》がり屋《や》に単身で来るように仕向け、愛笛《あいてき》に仕込んだ毒針を放ったのでございますか……」

「五十部屋唐兵衛は、因幡守さまが三河で代官をつとめたときに行った政《まつりごと》があまりに過酷で、深いうらみを抱いていたようだ。特に三河で起きた飢饉《ききん》の際、無慈悲に年貢を取り立てられ、おびただしい餓死者を出したという」

口を閉じ、信濃守が少し間をあけた。

「揚がり屋で因幡守さまを殺したのち、五十部屋唐兵衛は舌を嚙み切ったそうだ。牢役人が異変に気づいたときには、口からおびただしい血を流して事切れていたらしい。両手で愛笛を握り締めていたとのことだ」

それを聞いて、恵三は重苦しい思いにとらわれた。舌を嚙み切ると、血が大量に流れて息絶えると聞いたことがある。

わしには、と恵三は思った。決して真似のできない死に方だ。

「岩田屋」

信濃守が強い口調で呼びかけてきた。

「そなたをここに呼んだのは、因幡守さまの死の真相を告げるためではない」

「えっ、さようにございますか。では、どのようなご用件で……」

身構えるようにして、恵三は信濃守の顔を見た。目つきが悪い上に唇がひん曲がり、信濃守も悪相としかいいようがない。

「つい先日、浅草御蔵《あさくさおくら》が爆破されて崩れ落ち、蓄えられていた米がすべて焼けたが、あれも五十部屋唐兵衛の仕業《しわざ》よ」

「えっ、さようにございましたか」

驚くことばかりが信濃守の口から吐き出される。

「浅草御蔵を爆破したのは、御蔵奉行に対するうらみによるものらしい。そのわけなど、もはやどうでもよいが、我らは浅草御蔵を一刻も早く建て直さねばならぬ」

おっしゃる通りだが、と恵三は警戒した。

まさか再築の金を出せとおっしゃるのではあるまいな。

「そなたに建て直しの費用を負担せよという気などないわ」

恵三の心を読んだように信濃守が告げた。それを聞いて恵三は安堵した。表情からして、信濃守は嘘をついていない。

「浅草御蔵の建て直しは、いくつかの大名家に御用普請《ごようふしん》として命ずるつもりだ。三つか四つの大名家を選ぶことになろう」

「さようにございましたか。どこの大名家に御用普請をさせるか、信濃守さまはすでに目星を付けておられるのでございますか」

「まだだ。老中首座として初めての大仕事となるが、浅草御蔵の建て直しを命ずる大名家のうち、いずれかの一つを、余は取り潰しに追い込むつもりでおる。難癖をつけてな」

――えっ、今なんといった。取り潰しといわなかったか。

なんと恐ろしいことを考えるものよ、と恵三は怖気立《おじけだ》った。これでは、狙われる側はたまったものではない。

――老中首座に狙われて、逃《のが》れられる大名家などあるのだろうか……。

「信濃守さま、なにゆえそのようなことをなさるのでございますか」

決まっておろう、と尊大そうに信濃守が胸を張った。

「我が懐《ふところ》を豊かにするためよ。取り潰しに追い込むのは、米どころの大名家がよい。余はその地を公領とし、年貢の一部を我が物とするつもりだ。むろん、その上がりは、すべてそなたと分け合う気でおる。これができれば、我らの懐はもっと温《ぬく》まろうぞ」

「ですが信濃守さま、公領の年貢の一部をせしめるなど、できるのでございますか」

「任せておけ、いくらでも手はある。それより岩田屋、どうだ。これぞという大名家に心当たりはないか」

口を閉じた信濃守が、瞬《まばた》きのない目でじっと見つめてくる。

取り潰されて平気な大名家など、と恵三は思った。一つもなかろう。主家がなくなれば、家臣は全員、路頭に迷うのだ。

しかし、ここはどうあっても一つ捻《ひね》り出さなければならない。今も信濃守の厳しい眼差しが注がれている。ここで答えなければ、さらに上納金の割り増しを求められるかもしれない。

——わしが、意趣《いしゅ》を抱いているような大名家があっただろうか。そんな大名家など一つもない。あるはずもないではないか。いや、待てよ……。

一つの名が脳裏に浮かんできた。あの大名家なら構わないのではないか。いや、むしろ潰してしまったほうがよい。

面を上げ、恵三は信濃守を見返した。信濃守がにやりとする。

「岩田屋、思いついたようだな」

「はっ。出羽笹高《でわささだか》を領する高山《たかやま》さまは、いかがでございましょう」

「高山三万八千石か。岩田屋、なにゆえ高山家の名を挙げるのだ」

「笹高でとれる米はたいそうおいしく、よそとは比べものにならないほど高値で売れるからにございます。同じ一石を売るにしても、儲けは五割増しになりましょう」

むろん、それだけの理由で恵三は高山家を選んだわけではない。以前、米の評判を聞いて高山家にじかに取引を持ちかけたところ、けんもほろろに断られたことがあるのだ。あのときの屈辱は今も忘れていない。

「ほう、五割増しとな。そんなに儲かるものなのか。ふむ、高山家か。悪くない……」

ふふ、と信濃守が微笑した。

「あの、どうかされましたか」

「先ほど、大筒によって沈められた千石船の話をしたな。その千石船は一進丸《いっしんまる》というてな、所有していたのは、出羽笹高に本店を置く茂上屋《もがみや》という廻船問屋だ」

「えっ、さようにございましたか」

「茂上屋は高山家の御用商人だ。その関わりは長く、高山家は大金を借りておるはず。その名を知られる大店の茂上屋といえども、千石船を失ったのは、相当の痛手であろう。余が浅草御蔵の普請を高山家に命じたら、その普請代を高山家に用立てる余裕など茂上屋にはまずあるまい」

「茂上屋に借金を断られたら、高山さまはどうするでしょうか」

「必死に金策に走るしかあるまい。だが、それも無為に終わるよう外堀を埋めておくつもりだ。高山家に決して金を貸してはならぬと、江戸の大店にかたく命じておくゆえ」

大名家を一つ潰すのにそこまでするものなのか、と恵三は肝が冷える思いを味わった。

「あの、信濃守さまは高山家になにか含むものがおありなのでございましょうか」

おずおずと恵三はきいた。

「含むものなど、なにもない。余はただ金がほしいだけよ。そなたが名を出したゆえ、高山家でよいと断を下したまで」

「さようにございましたか……」

「笹高では一昨年あたりから天候に恵まれず、物成《ものなり》がひどく悪くて飢饉が起きておる。さらに二月《ふたつき》ほど前から疫癘《えきれい》が流行《はや》り、大勢の領民が倒れたという風聞が伝わってきた」

「そんなにひどい有様なのでございますか」

泣き面を蜂が刺す、というが、高山家はまさにそういう状態ではないか。

「領内治まらず、御蔵普請もままならぬとなれば、それを口実に高山家を取り潰す。公領にしてやったほうが年貢が軽くなり、領民どもも喜ぶであろう」

よし、と張りのある声を信濃守が発した。

「余は高山家に、浅草御蔵再築を命じることにいたす。弱っている大名家など早々に取り潰すに限る」

この世から高山家がなくなることが、たったいま決定したのを恵三は知った。

――果たしてこれでよかったのだろうか。わしは、とんでもないことを口にしてしまったのではあるまいか……。

軽く唇を嚙んで、恵三は下を向いた。どこから入り込んだのか、一匹の蟻《あり》が畳の上をのそのそと歩いていた。

恵三がその気になれば、たやすく叩き潰すことができる。今の高山さまはこの蟻も同然だ、と思った。

──潰されるほうが悪い……。

弱いことこそ悪なのである。同情など一片も寄せる必要はない。

──この世は、強い者が勝つようにできている。何事も思いのままなのだ。わしはその一員よ。天に選ばれた者といってよい。

口元に笑みを浮かべ、恵三は傲然《ごうぜん》と顔を上げた。

いかにも満足そうに笑《え》んだ信濃守が顎《あご》をなでさすり、恵三を見つめていた。

二

今日も炊《た》き出《だ》しが終わった。最後の釜も空《から》になった。

昨年末、田端《たばた》村から日暮里《にっぽり》界隈《かいわい》を焼き尽くした大火事で焼け出された者たちが、立ったままではあるが、満足げに食事をしている。その様子を眺《なが》めて、湯瀬《ゆせ》直之進《なおのしん》は小さく息をついた。

──俺も家に戻り、飯にありつくとするか。

妻のおきくが一人息子の直太郎《なおたろう》とともに、直之進の帰りを待っているはずである。

——夕餉《ゆうげ》のあと、江戸市中の見廻りに出ねばならぬが……。

今の江戸は治安がよいとはいいがたい。盗みが頻発《ひんぱつ》し、押し込みも普段とは比べものにならないほど多い。それらを防ぐために、秀士館《しゅうしかん》で剣術道場の師範代をつとめている直之進と倉田佐之助《くらたさのすけ》は、それぞれ門人を連れて市中の見廻りを毎夜、行っているのだ。

不意に、どん、と大きな音がし、直之進は耳の中に小さな風の塊《かたまり》が吹き込まれたような衝撃を受けた。なんだ、とはもはや思わない。富士山がまたも爆鳴《ばくめい》を発したのだろう。すでに慣れっこになっている。

顔を向けると、夕闇が下りてきた中、霊峰は相変わらず噴煙を上げていた。火口から炎に包まれた岩石らしき物がいくつも噴き出し、大きな弧を描いてゆっくりと落ちていく。同時に、茶色と黒の混じった煙が渦を巻きながら、もくもくと上がっていった。

北西からの風に乗り、不気味な噴煙は伊豆《いず》の方角へ流れていく。噴煙の太い帯が、暮れゆく西の空を横切っていた。

——沼里《ぬまざと》は無事だろうか。何事もないと信じたいが……。

このところ、直之進は故郷の心配ばかりしていた。もし沼里へ向かう便船《びんせん》があれば、乗りたいと考えている。沼里からの船が来れば連絡をくれるよう、新しく主家の江戸留守居役《るすいやく》になった井畑算四郎《いばたさんしろう》に頼んであるが、今のところ、つなぎはない。

沼里でなにか変事が出来《しゅったい》し、それがために便船が江戸に来られないのだろうか。もしそうならば、井畑から委細《いさい》を知らせてくるはずである。

富士の噴火という、信じがたい出来事が起きたのだ。沼里から江戸に向かう船も、なかなか思い通りに動かないのは、仕方ないことだろう。

——また上屋敷に行き、井畑どのに会ってみるか。

いや、と直之進はすぐさまかぶりを振った。今はつなぎを待つほうがよい。井畑という男はいかにも実直そうだった。便船が来れば、必ず連絡があるはずだ。

火事で焼け出された者たちの食事が終わり、後片付けがはじまった。男も女も子供も一緒になり、瓶《かめ》の水を使って和気藹々《わきあいあい》と食器を洗っている。

いち早く後片付けを終えた男が、笑みを浮かべて直之進に近寄ってきた。淀吉《よどきち》といい、いずれ秀士館で剣術を習いたいと考えているとのことで、数日前の炊き出しのときに話しかけてきた。それがきっかけになり、直之進は淀吉と親しく会話をかわすようになった。

淀吉は一枚の紙をひらひらさせている。

「湯瀬さま、これをご覧になりましたか」

淀吉が持っているのは読売《よみうり》のようだ。

「いや、読んでおらぬ」

「でしたら、どうぞ。先ほど、倉田さまにも読んでいただきました」

差し出された読売を直之進は手に取り、目を落とした。だいぶ暗さが増してきたが、そばで寒さしのぎの焚《た》き火《び》が燃えており、その仄《ほの》かな明かりで文字を追うことができる。

読売には、猿《ましら》の儀介《ぎすけ》という盗賊のことが書かれていた。江戸の町を跳梁《ちょうりょう》しており、すでに三軒もの商家を襲って大金を奪っていた。手にした金を庶民のためにばら撒《ま》くのを流儀としており、義賊《ぎぞく》と崇《あが》められている。

猿の儀介に襲われた三軒は、いずれも阿漕で知られた商家ばかりだ。

「今後、猿の儀介に狙われる商家は、ここに名が出ている十軒だというのだな」

ええ、と淀吉が顎を引く。

「読み手の興を引くためならなんでもござれの読売のことですから、どこまでが本当か、わかりゃしませんが、その十軒がどれほどの悪行を積んでいるか、調べはしっかりしているようですよ。湯瀬さまは、次はどこが狙われると思いますかい」

そうさな、とつぶやいて直之進は再び読売を読んだ。

十軒の商家の悪事を書き連ね、相撲の番付に見立てて五軒ずつ東西に割り振っていた。

東の前頭《まえがしら》は加島屋《かしまや》と大仙屋《だいせんや》、西の前頭は牧浦屋《まきうらや》と湯窪屋《ゆくぼや》、小結《こむすび》は鳥栖屋《とすや》と明石屋《あかしや》、関脇《せきわけ》は神辺屋《かんべや》と中森屋《なかもりや》、最高位の大関《おおぜき》は東が加藤屋《かとうや》で、西が岩田屋だった。東の正大関である加藤屋が、最も狙われやすいのではないか、と読売は書き立てていた。

「大関の加藤屋というのは……」

本郷《ほんごう》一丁目にある油問屋で、値上がりを見込んで油の売り惜しみをする一方で、裏で高利の金貸しをしているらしい。やくざ者を使って貧乏人から容赦《ようしゃ》ない取り立てをし、何人もの自殺者を出しているという。

何年か前、うらみを抱く男に襲われたとき、加藤屋の主人の順之助《じゅんのすけ》は隠し持っていた匕首《あいくち》で、逆に男を刺し殺したという。おのが身を守るために、やむを得ず抗《あらが》ったという訴えが認められ、町奉行所からはなんの咎《とが》めもなかったらしい。

――この加藤屋の一件に、富士太郎《ふじたろう》さんは噛んでいたのかな。

樺山《かばやま》富士太郎は直之進の友垣《ともがき》で、南町奉行所の定町廻《じょうまちまわ》り同心である。本郷一丁目といえば富士太郎の縄張《なわばり》だが、おそらく加藤屋の一件が起きたとき富士太郎はまだ町奉行所に出仕していなかったのではないか。もし出仕していたとしても、見習いに過ぎなかったかもしれない。

仮に富士太郎がその一件に関わっていたなら、お咎めなしで済ませるようなことにはならなかったような気がする。

――しかし、さすがに東の正大関だけのことはあるな。加藤屋は相当のたまだ。

西の大関の岩田屋は米問屋で、こちらも値上がりを見込んで米の買い占めに励《はげ》んでいるという。さらに、やくざ者を使って賭場を開き、同業の米問屋のあるじを借金漬けにして店を次々に乗っ取り、岩田屋は肥え太ったらしい。

――とても真っ当な商家ではないな。

この岩田屋の手口のあくどさに、直之進は心の底から驚いた。あるじは、よほど強欲なのだろう。

さらに公儀の要人と深く結びついているために、どんなに悪行を重ねようと、岩田屋は決して捕まらないそうだ。

「ここに書いてあるのがまことのことなら、この二つの商家は別格としかいいようがないな。さすがは大関だな。もし、どちらか選べといわれたら、人を殺したことがある加藤屋を俺は選ぶな」

「さようですか、加藤屋……。湯瀬さま、賭けに乗りますかい」

「賭けというと」

淀吉によると、猿の儀介が次にどこを襲うか、気の合った者同士で賭けをしているそうだ。

「俺はやめておこう」

「なぜですかい」

「いくら悪行を重ねている商家とはいえ、その災難で金のやりとりはしたくない」

「ああ、さようですか。湯瀬さまはまじめでいらっしゃいますねえ。お顔も謹厳《きんげん》そのものですものねえ」

淀吉を見つめて、直之進はうなずいた。

「まじめで謹厳、それが俺の取り柄《とえ》だ」

とはいえ、焼け出された者たちが賭けに興《きょう》じるのを責めることはできない。炊き出しばかりの今の暮らしから早く抜け出し、なんの憂《うれ》いもなく竹刀《しない》を振りたいと、直之進も思っているのだ。

それは、果たしていつになるのか。焼失した秀士館の再建は進みつつあるが、まだまだ先は見えない。

「倉田は賭けに乗ったのか」

「いえ、断られました」

そうであろうな、と直之進は思った。

「しかし加藤屋にしろ岩田屋にしろ、猿の儀介に狙われているとなれば、すでになんらかの手は打っておろう」

「さて、どうでしょうかねえ」

眉根を寄せて淀吉が疑問を呈する。

「大店というのは思いのほか抜けていて、自分のところは大丈夫だと高《たか》をくくっているもんですよ。猿の儀介に狙われるなんて、まったく考えていないんじゃないですかねえ」

「そういうものかな。だがもしそうなら、危ういとしかいいようがないな」

「湯瀬さまは、用心棒を生業《なりわい》にされていたんですよね。どちらかの用心棒をしてやったら、いかがですかい」

「猿の儀介を捕らえるためなら、やってみてもよいな」

それを聞いて淀吉が、えっ、と意外そうな顔になる。

「猿の儀介は義賊ですよ。もし忍び込んできたら、湯瀬さまは本気で捕らえるおつもりですかい」

「当たり前だ。そうしなければ、何のための用心棒かわからぬ。それに、猿の儀介が庶民に恵む金は、ほんのわずかなものであろう。残りはすべて、おのれの懐に入れているはずだ。そのような者を義賊呼ばわりするのは受け容れがたい」

はあ、と少し興醒めしたような顔で、淀吉が顎を引いた。

「義賊といっても、所詮は盗人。あまり質《たち》のよい者とはいえぬ」

「いわれてみれば、そうですねえ」

そのとき横合いから、てめえっ、と怒声が上がり、続いて、がつっと鈍《にぶ》い音が直之進の耳を打った。

「てめえ、なにしやがる」

素早く目を向けると、細身の男がよろけて地面に手をついたところだった。樹《き》之吉《のきち》という男である。秀士館から五町ほど離れたところで暮らしていたが、去年の大火事で焼け出されていた。

しゃがみ込んだまま樹之吉が頰に手をやり、血が出ていないか確かめるような仕草をした。どうやら顔を殴られたようだ。

がっちりとした男が前に進み出て樹之吉の襟首《えりくび》をつかみ、無理矢理立たせた。横顔しか見えなかったが、男が巳能助《みのすけ》だと直之進にはわかった。樹之吉と同じく、こちらも秀士館の近所に住んでいた男だ。

樹之吉の顔を力任せに引き寄せた巳能助が、口から泡を飛ばして叫ぶ。

「てめえ、人の女房を寝取りやがって」

「馬鹿いうな。俺はそんな真似、しちゃいねえぞ」

必死の顔で樹之吉が抗弁する。

「とぼけるんじゃねえ」

そばに巳能助の女房のおきんがおり、後ろから亭主を止めようとしているが、如何《いかん》せん、あまりに非力だ。

「とぼけてなんかいやしねえ。本当に身に覚えがねえんだ」

「嘘つくな。てめえは寂《さみ》しい独り身だし、さっきも、いやらしい目でおきんを見てたじゃねえか。おきんの方も、てめえに思わせ振りな笑みを返してたぜ」

「俺は、おきんさんを見てなんかいねえ」

苦しげな顔つきの樹之吉が、巳能助の手を振り払おうとする。

「そうよ。あたしも樹之吉さんを見てなんか、いやしないよ」

「ここでも、てめえらは口裏を合わせようっていうんだな」

「そんなわけないでしょ。あんた、ちゃんと人の話を聞きなさいよ」

「うるせえ」

首をねじり、巳能助がおきんを怒鳴りつける。

「うるさいってなによ」

「うるせえから、うるせえっていってんだ」

「あんたのほうがよっぽどうるさいわよ」

巳能助の矛先《ほこさき》がおきんに向いたのを知って、樹之吉が襟元にかかった手をほどこうとする。それに気づいて、巳能助が樹之吉に向き直った。

「てめえ、逃げる気か」

「うるせえ、放せ」

大股で歩み寄った直之進は、二人のあいだに割って入った。

「いい加減にせぬか」

その言葉が耳に入らなかったか、巳能助が拳を振り上げ、樹之吉を殴ろうとした。勢いよく落ちてきた拳を、直之進は手のひらでがっちりと受け止めた。

なぜ宙で拳が止まったのか不思議に思ったらしい巳能助が、あっ、という表情をした。すぐに直之進に向かって懇願《こんがん》する。

「湯瀬さま、お願いですから、邪魔しないでおくんなさい。この男をぶちのめさなきゃ、気が済まねえんで」

「人を殴って、いいことなど一つもないぞ」

「あっしの気が済むんですから、いいことはありますぜ」

「駄目だ。喧嘩などやめておけ。つまらぬ」

「湯瀬さま、どうか、この手を放してくだせえ」

「ならぬ。巳能助、やめぬとこうだぞ」

一気に力を込め、直之進は手のうちの拳をぎゅっと握り込んだ。

「いてて」

巳能助が身をよじって悲鳴を上げる。直之進はすぐに手を離した。

「やめぬと、もっと痛い目を見るぞ」

「おい、巳能助、ざまあねえな。少しはこたえたか。湯瀬さまに懲らしめられる前に、とっとと手を離しやがれ」

「てめえっ、女房を寝取っておいて、えらそうな口を利《き》くんじゃねえ」

樹之吉をにらみつけて巳能助がすごんだ。樹之吉がにらみ返す。

「よく聞けよ、巳能助。いいたくなかったが、俺はおきんさんみたいなすべた、相手にしやしねえよ。女に不自由してねえからな」

「誰がすべたよ」

怒りの声を上げて、今度はおきんが樹之吉にむしゃぶりついた。

「てめえ、人の女房をつかまえて、すべただと」

巳能助の唾がかかりそうになり、直之進はやれやれ、とため息をついた。すぐさま腰を落として鯉口《こいぐち》を切るや、三人を一喝した。

「いつまでもつまらぬ諍《いさか》いを続けるのなら、三人まとめて叩っ斬るぞ」

直之進は殺気を放った。一瞬で動きを止めた三人が、びっくりした顔で直之進を見つめる。周りにいる者たちも、啞然《あぜん》としていた。

普段は温厚で声を荒らげることなどない直之進が怒声を放ち、しかも鯉口まで切ったことに、誰もが驚愕しているのだ。

「三人とも喧嘩はもうよせ」

穏やかな声音で直之進は促《うなが》した。

「は、はい。わかりました。もうやめます」

我に返ったような顔で、巳能助が深くうなずく。おきんと樹之吉も、がくがくと顎を上下させた。

「それでよい」

刀を元に戻し、直之進は笑顔になった。三人がほっとしたように大きく息をつく。直之進はその場を離れた。

「湯瀬、さすがだな。大した魄力《はくりょく》だ」

うれしげに微笑して佐之助が近づいてきた。

「たまには、きさまが怒るのもよいな。仏が怒ると、やはり効き目がちがう」

「気が荒《すさ》むゆえ、あまり怒りたくないのだが……」

「気持ちはわかる。それにしても、炊き出しにやってくるのは気のよい者ばかりなのに、あのような諍いが起きるのは、やはり富士山の噴火が静まらぬせいであろう」

うむ、と直之進は同意した。

「誰もが不安に駆られ、心がささくれ立っておるのだな。つい俺も、我を忘れて怒鳴りつけてしまった」

「そうなのか。きさまは泰然《たいぜん》としているように見えたが……。とにかく、似たようなことが、江戸のあちこちで起きているのだろう」

その通りだな、と直之進は思った。一刻も早く噴火がおさまってほしい。そうすれば、江戸はあっという間に立ち直り、元の賑《にぎ》わいを取り返せるだろう。

だが、富士山が以前の静謐《せいひつ》な姿に戻るのは、果たしていつのことなのか。皆《かい》目《もく》、見当がつかない。気持ちが萎《な》えそうになるが、今は打ちしおれているときではない。

――俺が先頭に立って、江戸の治安を守らねばならぬ。

その思いを胸に刻み込み、直之進は昂然《こうぜん》と顔を上げた。

三

猿と呼ばれるのには、わけがある。

身軽だからだ。一丈《いちじょう》ほどの高さの塀や、その上に設けられた忍び返しに妨《さまた》げられたことは一度もない。

江戸の町にはすっかり夜の帳《とばり》が下りているが、頭上の扁額《へんがく》になんと記されているか、儀介には、はっきりと読めた。

『油問屋　加藤屋』である。本郷一丁目にある大店だ。

今日の昼、猿の儀介について書き立てた読売を、儀介は手に入れた。

次に猿の儀介に狙われるのは、加藤屋か岩田屋ではないかと読売は予想していた。たいしたものだな、と儀介は感心したが、考えてみれば、加藤屋と岩田屋以上にあくどい店など、そうあるものではない。読売が加藤屋と岩田屋を東西の大関に据えるのも、至極当然のことでしかない。

今日の読売を、加藤屋の者たちは読んだだろうか。きっと読んでいるにちがいない。すでに腕利きの用心棒を雇って待ち構えているかもしれない。

仮にそうだとしても心配ないだろう、と儀介は安心している。決して加藤屋を見くびっているわけではない。

ちらりと後ろを振り返る。そこには自分と同様、忍び装束《しょうぞく》に忍び頭巾《ずきん》という黒ずくめの男が立っている。弟の角之介《かくのすけ》である。

角之介はなにしろ遣《つか》い手《て》なのだ。今は脇差《わきざし》しか帯びていないが、どんな相手であろうと、きっと倒してくれるにちがいない。

――角之介さえおれば、なんの心配もいらぬ。今夜も必ずうまくいく。

再び頭上の扁額を仰ぎ見て、儀介は深く呼吸をした。

「よし、行くぞ」

ささやき声で角之介に伝えて道を横切り、加藤屋の板塀に沿って延びる路地に入った。こちらにも人《ひと》けはまったくなく、深閑《しんかん》とした闇が横たわっているだけだ。

路地を十間ほど進んだところで、足を止める。首に下げてある空《から》の頭陀袋《ずだぶくろ》の紐《ひも》がしっかりと結ばれているかを確認してから、儀介は眼前の板塀をひらりと飛び越え、加藤屋の敷地に降り立った。

ここは加藤屋の裏手に当たる。体勢を低くし、儀介はあたりの様子をうかがった。

間を置くことなく角之介も塀を越えてきて、儀介の隣に着地した。ひざまずいて精神を集中し、眼前に建つ母屋《おもや》の中の気配を嗅《か》いでいるのが知れた。顔を動かして儀介を見、いいでしょう、というようにうなずきかけてきた。

用心棒は置いておらぬということだな、と儀介は思った。角之介がそばにいる以上、何も心配することはなかったが、少しだけ気持ちが軽くなった。おそらく加藤屋は、自分の店が襲われることなどないと、高をくくっているのだろう。

差し渡し二尺ばかり、高さが三尺ほどの油樽とおぼしき物が、地面にいくつも並んでいる。中は空なのか、油のにおいはしなかった。

よし、と角之介に目で合図し、儀介は母屋の縁《えん》の下《した》にするりともぐり込んだ。遅れることなく角之介が続く。

いくつもの蜘蛛《くも》の巣を払いつつ四間ばかり進むと、広々とした土間がうっすらと見えてきた。床下から土間へと這い出て、腰を伸ばして立ち上がる。

冷気が居座る台所はひんやりとして暗く、かすかに味噌汁らしきにおいが漂っていた。大きな竈《かまど》が三つしつらえてあり、小さな竈も七つばかりあった。さすがに大店だけのことはある。

先ほど九つの鐘が鳴ったばかりだ。この刻限になると、朝が早い江戸の者はたいてい寝《しん》に就《つ》いている。居残り仕事が習い性になっている商家の者でさえ、さすがに寝床で体を休めているはずだ。

それでも四半刻もかからず仕事を終えなければならぬ、と儀介は思った。

長細い式台《しきだい》に上がり、そこから冷たい床板を踏んだ。廊下を進むにつれ、油のにおいが濃くなり、鼻につきはじめた。

さらに奥へ行くと、盛大ないびきが耳に入った。これは誰がかいているのか。

商家の奉公人は、たいてい同じ部屋で雑魚寝《ざこね》をしている。もし奉公人のものなら、いくつかのいびきが重なっていなければおかしい。この遠慮のないいびきは、あるじの順之助のものであろう。

いびきが聞こえてくる部屋の前で足を止め、行灯《あんどん》のものらしい明かりを映じている腰高障子《こしだかしょうじ》越しに、中の様子をうかがった。深更《しんこう》にもかかわらず行灯が灯されているのは、火事のような不測の事態に備えるためであろう。

儀介の横に控える角之介が、中には二人いると指を立てて知らせてきた。順之助と女房が眠っているにちがいない。

二人ともぐっすり眠っていると判断し、儀介はそろそろと腰高障子を開けた。

ひどいいびきに変化はない。

八畳ほどの部屋に、布団を並べて夫婦らしき男女が寝ていた。部屋の隅で灯る行灯の光で、ほんのりと明るい。

懐から匕首を取り出し、儀介は鞘《さや》から抜いた。音もなく枕元に近づき、順之助の口を手で押さえた。いびきはやんだが、それだけでは目を覚まさなかった。儀介が手のひらに力を込めると、何事だといわんばかりに順之助が身もだえた。驚いたように目を開ける。

「声を出すな。出したら、殺す」

耳元にささやきかけて、儀介は順之助の喉元《のどもと》に匕首を突きつけた。

「これがなにかわかるな。声を出したら、きさまは死ぬ」

体をかたくした順之助が、がくがくと顎を動かした。

「よし、体を起こせ。妙な真似はするな」

匕首を喉元から外すと、順之助が布団の上に起き上がった。

醜《みにく》い男だな、と順之助を正面から見て儀介は思った。歳は六十をいくつか過ぎているようだ。上下の唇がゆがみ、細い目に狡猾《こうかつ》そうな光を宿している。前はもっと人らしい顔をしていたにちがいないが、これまでの悪行が、顔貌をすっかり変えたのだろう。

――いくら大義があるとはいえ、俺たちもこのような行いは一日も早くやめねばならぬ。盗みはやはり悪事だ。順之助のような顔にはなりたくない。

角之介が目を覚ました女房の口をふさぎ、鞘から抜いた脇差をきらめかせて、声を上げないように脅した。女房が、ひっ、と喉の奥で声を鳴らして儀介と角之介を交互に見る。わななきながら順之助を見つめた。

順之助が、じっとしているのだ、と小声で女房にいいつけた。女房がおびえた顔でうなずく。

「俺は猿の儀介という。知っておろう」

まさか、というような顔で順之助が儀介を見る。女房も、信じられないという表情をしている。

「は、はい。存じております」

順之助がごくりと喉仏を上下させた。

「金をもらいに来た。騒がなければ、二人とも死なずに済む。俺たちがこれまで一人も死人を出しておらぬのは、きさまらも知っておろう」

「は、はい……」

「改めてきくが、きさまは悪名高い加藤屋順之助だな」

低い声で質《ただ》すと、順之助が苦しそうな顔で、さようです、と首を縦に振った。

「この店のあるじなら、金蔵の鍵を持っておるな。よこせ」

儀介は手を差し出した。うつむき、順之助がためらいを見せる。

「よこさぬというのか。ならば仕方ない。女房を殺すまでだ」

角之介が脇差の刃先を、女房の喉元に突きつけた。それを見て順之助が目をみはり、女房が顔を引きつらせた。

「し、承知いたしました。今お渡しします。あ、あの、立ってもよろしいですか」

ああ、と儀介が答えると、順之助がのろのろと立ち上がり、壁際に鎮座している簞笥《たんす》に近づいた。

「その簞笥に入っているのだな」

順之助が引出しに手をかける前に、儀介はきいた。

「どの引出しだ」

引出しの中に、刃物が隠されていないとも限らない。今日読んだ読売によれば、かつて順之助は、うらみを抱いて襲ってきた男を、匕首で返り討ちにしたという。警戒するにしくはない。

「ここです」

順之助が指したのは、一番上の最も小さな引出しである。わかったと答えて儀介は匕首を鞘におさめて懐にしまい、引出しを開けた。

一本の鍵が入っていた。それを手に取って順之助に見せる。

「これが金蔵の鍵だな」

「さ、さようです」

無念そうな顔で順之助が認めた。よし、と心中でうなずいて儀介は鍵を懐にしまい入れ、順之助に語りかけた。

「今から金蔵に行く」

金蔵が屋内に設けられているのは、事前に調べずともわかっている。大店はたいていそういう造りになっている。

「あるじ、案内せい。女房は、その男とここに残る。もしおまえが妙な真似をすれば、女房はここで死ぬ。わかったか」

辛そうな顔で女房を見ていたが、順之助が唇をぎゅっと嚙み締めた。わかりました、と首肯《しゅこう》する。

懐から小さな燭台に立てたろうそくを取り出し、儀介は行灯の火で灯《とも》した。

「行くぞ」

順之助とともに夫婦の寝所を出て、儀介は冷気の居座る暗い廊下を歩きはじめた。燭台の火は、夜目《よめ》が利かない順之助のためだ。

金蔵は、廊下を五間ばかり行った右手にあった。いかにも厚みがありそうな観《かん》音開《のんびら》きに、頑丈そうな錠前がついている。

「錠前を開けろ」

儀介は順之助に鍵を渡した。受け取った鍵を順之助が錠前に差し入れようとする。だが手元が震えて、なかなかすんなりと入らない。

「きさま、わざとやっておるのか」

「そんなことはしておりません」

次の瞬間、かちゃり、と小気味よい音が響いた。

「扉を開けろ」

両足を踏ん張り、両腕を震わせて順之助が扉を観音開きに開けた。儀介は、燭台を掲げて金蔵の奥のほうまで照らした。十以上の千両箱が積んであるのが見えた。

「さすがに貯め込んでおるな」

六畳間ほどの広さがある金蔵の中に、儀介は順之助とともに入った。二つの千両箱の蓋《ふた》を開けさせる。

首に下げていた頭陀袋を手にし、その中に小判の包《つつ》み金を放り込んでいく。このほうが持ち運ぶのがずっと楽だ。千両箱はあまりに重く、中身を入れたまま運ぶことなどできない。

「二千両だけ、いただいていく」

ずしりと重くなった頭陀袋を肩に下げ、儀介は順之助に告げた。

「あとは慈悲だ。残しておいてやる」

なにも答えず、唇をわななかせて順之助はうつむいている。

「寝所に戻るぞ」

順之助を促した儀介は、頭陀袋を担いで寝所の敷居を越えた。その途端、順之助が女房を見てぎくりとした。女房に猿ぐつわがしてあったからだ。

「なぜそのようなことを……」

不安げに順之助がつぶやいた。一方、順之助の無事な姿を目の当たりにして女房が安堵《あんど》の息をついた。

順之助が力尽きたような風情《ふぜい》でその場にへたりこむ。女房に脇差を突きつけていた角之介が、入れ替わるように立ち上がった。

「女房の名はなんというのだ」

順之助を見据えて儀介はきいた。面を上げた順之助が、どうしてそのようなことを知りたいのか、といいたげに見返してくる。

「早く教えろ」

「は、はい。おせんといいます」

冷静な声で儀介は命じた。おせんが、えっ、とくぐもった声を漏らす。

「おせん、立て」

「立つのだ。さっさとしろ」

わかりました、というようにうなずいて、おせんがいわれた通りにする。角之介がおせんの手首をがっちりと握る。

「おせんには一緒に来てもらう」

「えっ、そんな。いったいなんのために、そのようなことを……」

すがるような顔で順之助が問う。

「きさまに町奉行所に通報されぬよう、人質にするのだ」

「いえ、手前は御番所にはなにもいいません。ですから、おせんは置いていってください」

「いや、連れていく。きさまがこの部屋でおとなしくしておれば、おせんを害するようなことはせぬ。すぐに返してやる。それで、きさまは女房の無事な顔を見られる」

ろうそくを吹き消し、儀介は懐に落とし込んだ。角之介に向かって、顎をしゃくる。点頭《てんとう》した角之介が、おせんとともに廊下に立つ。

「お願いします。おせんを置いていってください」

泣き出しそうな顔で、順之助が儀介にすがりつく。

「駄目だ」

ぶんと音をさせて、儀介は順之助の手を振り払った。

「後生《ごしょう》です。置いていってください」

再び順之助が儀介にしがみついた。

「うるさい」

大声は出したくなかったが、儀介は怒鳴りつけた。それだけでは順之助は離れず、これでも食らえ、と足蹴《あしげ》にした。

順之助の腹にまともに入り、どす、と音が立った。苦しそうな顔をして順之助が蹲《うずくま》る。腹を押さえてじっとしていたが、くそっ、と毒づき、またしても儀介にむしゃぶりついてきた。明らかに頭に血が上っており、我を忘れた顔をしていた。

「おせんを返せ。金を返せ」

「やかましい」

拳を振り上げ、儀介は順之助の顔を殴りつけた。がつ、と音がし、順之助が口の端から血の筋をほとばしらせた。背中から布団に倒れ、寝返りを打つようにうつぶせになった。

ふう、と息をついた儀介は頭陀袋を担ぎ直して部屋を出た。その直後、背後で物音がし、振り返ると、順之助が敷居際に立っていた。

手に光る物を持っている。匕首だ、と儀介は覚った。

「おせんと金を返せっ」

叫ぶや匕首をきらめかせて、儀介に躍りかかってきた。体《たい》を開いてその突進をかわし、儀介は足をひょいと出した。

足を引っかけられてつんのめり、順之助が転びそうになった。手をついてなんとかこらえ、さっと振り向いた。

匕首を握り直した順之助が不敵に目を光らせ、酷薄《こくはく》そうに笑う。その顔を見て儀介は、そういうことだったか、と解した。

「きさまは襲ってきた者を、おのが身を守るためではなく、故意に殺しおったな」

「さて、どうだったかな」

うそぶくような言葉を吐いて順之助が、体勢を低くする。匕首を腰だめにし、死ねっ、と叫んで床板を蹴った。儀介は匕首を懐から鞘ごと取り出し、さっと引き抜いた。

だが、順之助の匕首が儀介に届くことはなかった。ばさり、と音がして、順之助が動きを止めたのだ。ぎゃあ、と悲鳴を上げて廊下に勢いよく倒れ込む。

儀介は、脇差を振り下ろした姿勢の角之介を見た。角之介が後ろから順之助を斬ったのだ。

うぅぅ、と順之助がうめき声を漏らす。袈裟に斬られた着物から肉がのぞいている。

みるみるうちに血が出てきた。順之助の寝間着が暗い色に染まっていく。

順之助は苦しげに痙攣《けいれん》していたが、やがてがくりと首を落とし、息絶えた。

あなたっ、と猿ぐつわをされているにもかかわらず、おせんが絶叫した。うるさいっ。角之介が強く頬を張ると、廊下にばたりと横たわった。気を失ったらしく、身じろぎ一つしない。

「馬鹿めが……」

物言わぬ順之助の骸《むくろ》を見下ろして、儀介は吐き捨てた。鉄気臭《かなけくさ》さが廊下を漂いはじめた。

「金と女房を惜しんで命を失いおった……」

顔を上げ、儀介は角之介を見た。角之介は唇を震わせていた。脇差を持つ手も小刻みに揺れているように見える。

廊下に面した腰高障子がほんのわずか開いており、奉公人とおぼしき男たちが顔を寄せ合って、こわごわとのぞき見ていた。

すぐさま足を踏み出し、儀介は奉公人に近づいた。奉公人たちがおびえた声を発し、腰高障子が閉じられる。

そんな真似をしたところでなんにもならぬぞ、と儀介は思った。腰高障子を蹴倒して押し入ることなど赤子の手をひねるよりもたやすい。

儀介は腰高障子越しに告げた。

「我らは、ここから出ていったあとも、この店を見張っておるぞ。もし外に出てくる者がいれば、町奉行所に向かうものと見なし、容赦なく斬る。あるじと同じ目に遭いたくなかったら、夜明けまでおとなしくしておれ。わかったな」

むろん応《いら》えはないが、これだけ脅しておけば奉公人たちは朝までじっと動かずにいるだろう。儀介は、気絶しているおせんと順之助の骸をその場に残し、踵《きびす》を返した。

我に返ったように脇差を鞘にしまった角之介も後に続く。

二人は勝手口から外に出て、塀にしつらえられている木戸を開けた。

通りには芯から凍《こご》えるような冷たい風が吹き渡っていたが、儀介にはその寒さが心地よかった。生き返るような気分だ。

「持ちましょうか」

背後から角之介が申し出た。肩に負っている頭陀袋に、角之介が目を当てている。

「いや、よい」

首を振って儀介は断った。頭巾からのぞく角之介の目に、暗い翳《かげ》が射しているのを見たからだ。

——人を殺したのが、かなりこたえているようだな……。

加藤屋から一町ほど離れたところで頭巾を取り、儀介は角之介にたずねた。

「角之介、大丈夫か。人を斬ったのは初めてであろう」

足を止めることなく、角之介も頭巾を脱いだ。月明かりのせいか、少し顔色が悪いように儀介には感じられた。瞳を動かし、角之介が見返してきた。

「大丈夫です」

平静な声音で角之介が答える。

「それがしは兄上を救うために、あの男を斬りました。当然のことをしたまでです。もちろん、斬った瞬間は気持ちがひどく揺れましたが、今はもう、なんということもありませぬ」

実際、角之介の目からは、先ほどの翳は消えつつあった。手にも震えは認められない。

それでも、まことに大丈夫なのだろうか、と儀介は案じた。しかし、今は角之介の言葉を信ずるしかない。

——それにしても、四軒目でついに人を殺《あや》めてしまったか……。

角之介が順之助を殺《や》る必要があったのか。なかったのではあるまいか。自分が油問屋のあるじごときに、後れを取るはずがないからだ。

不意に角之介が、兄上、と呼んだ。

「我らは盗みに入る際、犯さず、殺さずを掟《おきて》にしています」

「その通りだ」

「兄上を救うためとはいえ、それがしはその禁を破りました。兄上は怒っておられるのではありませぬか」

「そのようなことはない」

即座に儀介は答えた。確かにもやもやした心持ちではあるが、腹を立ててはいない。

「俺が殺られるとみて、そなたは咄嗟《とっさ》に脇差を振ったのであろう。むしろ、俺のほうこそ礼をいわねばならぬ」

心にもないことをいったか、と儀介は角之介から目をそらした。

歩きながら角之介が見つめてくる。儀介の心を見抜こうとする眼差しにちがいない。

偽りを口にしたのがばれたか、と儀介は思った。なにかいわねば、と角之介に顔を向ける。

「角之介、俺たちは二人で猿の儀介だ。これからも盗みを続けるのであれば、常に二人でやらなければならぬ。今宵、俺は角之介がいなければ、死んでいた……」

「いえ、兄上ならきっと切り抜けられたはずです。加藤屋を斬った瞬間のことはもうほとんど覚えておりませんが、それがしが浮き足立っておったのではないかと……」

「角之介、気にするな。とにかく、これからも我らはずっと一緒だ」

「はい。兄上のおっしゃる通りです」

角之介がはにかんだような笑みを見せた。

「角之介。では、三味線堀《しゃみせんぼり》へ行くとするか」

儀介は改めてその方角へと足を向けようとした。兄上、と角之介がいった。

「それがしはこの近くで金を撒いてきます。先に行って待っていてください。すぐに追いつきますから」

「ここでか。承知した」

立ち止まった儀介は肩から頭陀袋を下ろし、角之介に中が見えるようにした。

「いつも通り、包み金を四ついただきます」

ちょうど百両である。

「わかった。持っていけ」

うなずいて角之介が頭陀袋に手を入れ、四つの包み金を取り出した。それを懐に落とし込む。

「角之介、決して無茶はするな。危うい目に遭う前に、さっさと逃げるのだ」

角之介に釘を刺しておいてから、頭陀袋を担いで儀介は足早に歩き出した。

ぎゅっと拳を握り締めた。

そうしたところで、手の震えは止まらない。この震えに、兄が気づいた様子はなかった。角之介にしかわからない小刻みな震えだ。

角之介は、闇の中に消えていく兄の後ろ姿を見送ってから逆の方角に歩きはじめた。

足を進めながら角之介は深く息を吸った。

――あくどい商家から金を奪う。これは自分たちのために、はじめたわけではない。

角之介たちには大義があるのだ。

――これまで俺たちを支えてきてくれた者を、なんとしても救わねばならぬ。そうすれば、御家にもきっと恩恵となって返ってくるはずなのだ。

――そのためには、どんなことでもやらなければならぬ。犯さず、殺さずという掟でさえ、大義の前ではちっぽけなものかもしれぬ。

歩きつつ角之介は、またおのれの手を見た。震えはおさまってきていた。

気を取り直して頭巾を再びかぶり、角之介は目についた狭い路地に入り込んだ。すぐに裏長屋の木戸にぶつかる。木戸は閉まっているが、角之介には障壁とはならない。

木戸を乗り越え、音を立てることなくどぶ板の上を歩いた。再びひらりと跳《ちょう》躍《やく》し、裏長屋の屋根にするすると登った。

吹き渡る風がひどく冷たい。ところどころ常夜灯《じょうやとう》の明かりらしきものが見えるが、江戸の町は闇にすっぽりと沈み込んでいた。

懐から二つの包み金を取り出して封を破り、小判を一気にばら撒いた。

「猿《ましら》のお頭《かしら》のお恵みよぉ」

この金は、と小判を放り投げつつ角之介は思った。頭ごなしに押さえつけてくる公儀の政に苦しむ者たちのためだ。

——この金が、庶民の暮らしの助けになればよいのだが……。

小判を宙に撒きながら角之介は本気でそう考えていた。

四

そろそろ刻限は四つ半に近いだろう。

もう秀士館に戻ったほうがよいな、と倉田佐之助は判断した。あまり遅くなっては、明日の仕事に差し支える。

後ろを歩く二人の門人もかわいそうだ。二人ともまだ若いが、さすがに寝床に横になりたいのではないか。

佐之助自身、わずかに疲れを覚えている。道場できっちりとした稽古ができていないために、体がなまっているのだ。暇を見つけては愛刀を振るようにしているが、それだけでは、到底稽古には程遠い。このままでは、体だけでなく剣の腕まで落ちそうだ。

なんとかしなければならぬな、と思いつつも、今のところよい手立てはない。とにかく、一刻も早く火事で焼けた道場の再建が成り、焼け出された町人たちの落ち着き先を見つけなければ、剣術に集中できる暮らしは戻ってこないだろう。

心に焦《あせ》りを覚えながら佐之助は提灯《ちょうちん》を下げ、大平虎太郎《おおひらとらたろう》と親本寛兵衛《ちかもとひろべえ》という門弟二人を連れて、江戸の町を見廻っている。

秀士館を五つ半ごろに出て、すでにかなり歩き回ったが、なにも起きない。吹きすさぶ風がひどく冷たいだけで、今夜は平穏そのものといってよかった。

だが決して油断はできぬ、と佐之助は改めて心を引き締めた。大丈夫だと気を緩めたときが、最も危ういのだ。これまでの経験からよく知っている。

――今宵のように風が強い日は、特に火事が怖いが……。

そういえば、と佐之助は思い出した。夕刻に淀吉から渡されて読んだ読売には、次に猿の儀介に狙われる商家として、油問屋の加藤屋の名が筆頭に挙げられていた。

確か、加藤屋は本郷一丁目にあるのではなかったか。いま佐之助たちがいるのは湯島《ゆしま》のあたりである。

「本郷一丁目に行くぞ」

「わかりました」

長いあいだ歩き続けてかなりの疲れを覚えているはずの二人が、張り切った声を上げた。なにゆえ佐之助が本郷一丁目を目指そうとするのか、納得したような顔つきである。この二人も読売を読んで、加藤屋のことは知っているのかもしれない。

湯島の切通《きりどお》しを西へと向かい、本郷の通りを南進して本郷一丁目に入った。加藤屋の場所も即座に知れた。大店の風格を醸《かも》しており、構えがよその店とはまるでちがっていたのだ。

外から見た限りでは、どこにも異状は感じられない。佐之助は精神を集中し、中の様子を探ってみた。

「なにもないようだ」

「まことですか」

「ああ、誰もがぐっすりと寝入っているように思える。もし賊《ぞく》が入ったなら、あんなふうに安らかではおれまい」

「さようですか」

「少し見張ったほうがいいかな」

「そうしたほうがよいかもしれませぬ」

間髪《かんはつ》を容《い》れずに虎太郎が同意する。向かいの店の軒下《のきした》に三人で身をひそめ、加藤屋を監視した。

四半刻ばかりじっとしていたが、なにも起きなかった。

不意に、鐘の音が夜空をぐり抜けるように響きはじめた。九つを告げる鐘だ。

面を上げ、夜空を見た寛兵衛がつぶやく。

「あらわれませぬな……」

うむ、と佐之助はうなずいた。潮時だな、と思った。

「よし、ここを離れるとするか」

虎太郎と寛兵衛に告げた。はっ、と二人が声を揃える。監視という退屈な務めが終わったのがうれしいのか、二人ともほっとした顔をしている。

「もう少しこの界隈を見廻ってもよいか」

佐之助は二人に確かめた。

「もちろんです」

元気のよい声で虎太郎が答える。

「そうか。では済まぬが付き合ってくれ」

「承知いたしました」

「あまり遅くならぬようにしよう。いや、もう十分に遅いな」

「もう九つを過ぎましたが、それがしは別に眠くはありませぬ」

元気よく虎太郎が答えた。

「それがしも同じです」

後ろを行く寛兵衛も、引き締まった声を発した。

わかった、とうなずいて佐之助は提灯に火を灯して歩きはじめた。

「倉田師範代、それがしが持ちましょう」

虎太郎が申し出て佐之助から提灯を受け取り、先導をはじめた。足取りがずいぶん軽い。佐之助の後ろを歩く寛兵衛も、足の運びが軽やかになっていた。

——明日は、もっと早く引き上げるようにしよう。いくら若いといっても、無理はさせられぬ。今宵もあと半刻がせいぜいだな……。

そんなことを考えながら歩いていると、四半刻ほどして、どこからか言い争うような声が聞こえてきた。酔っ払い同士が喧嘩しているのかもしれない。

佐之助たちが足早に向かうと、煮売り酒屋の暖簾《のれん》の前で二人の町人が声を荒らげていた。どうした、と虎太郎が声をかける。

ねじり鉢巻をした男が、ほっとした顔を向けてきた。もう一人の男は酔眼《すいがん》をぎろりと回して虎太郎をねめつけた。

「いえ、九つを回って最後のお客も帰ったし、店仕舞いをしていたら、この人が飲ませろっていって店に入ってきたんですよ。もう火を落としちまったし、無理だっていっても、まったく聞こうとしないんです」

店主とおぼしき男は、ほとほと困ったという表情をしている。

「冷やで一杯飲ませてくれたら帰るって、いってるじゃねえか。冷やなら、火を落としていようが、なんの障《さわ》りもねえはずだ」

「この人は、前にも同じこと、いってきたんですよ。一杯だけという約束で入れたんですけど、結局、ひどく長居されましてね。こんな刻限に迷惑なんですよ」

「長居だと。俺はそんなこと、しちゃいねえ」

「覚えてないだけだ」

男に向かって店主が声を荒らげる。

「覚えてねえだと。てめえ、客に向かって、ふざけた口、利きやがって」

「誰が客だ」

「なんだとっ」

男が店主の顔を張ろうとしたから、佐之助は素早くあいだに入って男の手首をつかみ、鋭くにらみ据えた。男はおびえた表情を見せ、後ずさろうとしてよろけた。

男の体を支えてやると、ありがとうございます、と男が礼を述べたが、酒臭い息がまともにかかって、佐之助は男から手を離した。

「おぬしは、すでに飲み過ぎておる。あるじも、もう店を閉めたがっている。おとなしく家に帰ったほうがよい」

「お侍は誰なんですかい」

声が震えを帯びている。

「市中を夜廻りしている者だ。それでどうだ。もう帰るか」

ためらいを見せたが、男が仕方なさそうに首を横に振った。

「わかりましたよ。帰ります」

「それでよい」

うなずいて佐之助は男に語りかけた。

「そもそも酒などやめたほうがよい。身を滅ぼす元だからな。俺が最も頼りにしている医者は、毒水だとまでいっている」

「毒水……。お侍は飲まないんですかい」

「飲まぬ。昔は飲んでいたこともあったが、とうにやめた」

「よくやめられましたね」

「長生きしようと思えば、さして難しくはなかった。そなた、妻と子はおらぬのか」

「おりますよ」

「ならば、酒など飲まぬことだ。妻子のために長生きせぬとな」

「ええ、さようですね。じゃあ、あっしはこれで」

こうべを垂れてから男が体を返し、ふらふらと歩きはじめた。提灯を持たずに夜の町を行くのは法度《はっと》だが、咎める者などまずいないだろう。

「ありがとうございました。本当に助かりました」

佐之助たちに深々と腰をかがめてから、店主が安心したように暖簾を仕舞いはじめた。

「やめますかね」

ふらつきながら夜道を行く男を見送って、虎太郎が佐之助にきく。

「やめぬな」

歩き出した佐之助は断言した。

「酒好きは、よほどのことがない限り、断つことはできぬ」

「倉田師範代は、よくやめられましたね」

「もともと好きではなかった。それゆえ、たやすくやめられた。実をいえば、やめたという覚えすらなかった。剣に打ち込むうち、自ずと飲まなくなっていた」

「ほう、さようでしたか」

妻と子がいるのに深更まで飲み歩いているとは、と佐之助は先ほどの男のことを考えた。家に帰りたくないわけでもあるのだろうか。富士山の噴火がなかなかおさまらず、気持ちがくさくさしているのかもしれない。

そのとき、またしてもどこからか男の声が聞こえてきた。喧嘩ではないようだ。男が一人、声を張り上げている。

「あれは……」

足を止め、佐之助は耳を澄ませた。

「どうかされましたか」

驚いたように寛兵衛がきいてきた。

「親本には聞こえぬか」

えっ、という表情になり、寛兵衛が耳をそばだてる。

「ああ、ええ、聞こえます。あれは、なんといっているのでしょう……」

佐之助の前にいる虎太郎も、闇の向こうから聞こえてくる声に神経を集中しているようだ。

「猿の頭のお恵みよぉ、といっているのではないでしょうか」

振り返った虎太郎が、勢い込んで佐之助に伝える。

「出たようだな。よし、あっちだ、行くぞ」

提灯を吹き消すや、虎太郎が声のする方角へいち早く駆けはじめる。佐之助も地を蹴った。そのあとに寛兵衛が続く。

おそらくやつは、と佐之助は走りながら思った。どこかの家の屋根に上って、小判をばら撒いている最中だろう。やつが屋根を下りる前に到着できれば、必ず捕まえられる。

不意に声が途絶えた。小判を撒き終え、引き上げようとしているのか。それとも、どこかよそへと移ろうとしているのか。

とにかく、声が聞こえなくなったからといって、足を止めるわけにはいかない。佐之助は門人の虎太郎を追い越し、一町ほど行ったところで立ち止まった。

少し遅れてやってきた虎太郎と寛兵衛が足を止めた。二人とも、ぜえぜえとひどく呼吸を荒くしていた。

「このあたりで声がしていたはずだが……」

ふっ、と軽く息をついて佐之助は付近を見回した。深夜にもかかわらず、どこからか大勢の人の声や物音が聞こえてくる。なにが起きているのか、佐之助は瞬時に覚った。

そばに路地が暗い口を開けているのに気づき、足を踏み入れる。闇に包み込まれた路地を進むと、裏長屋の木戸にぶつかった。木戸は閂《かんぬき》が下り、がっちりと閉まっている。

長屋の住人と思える者たちが、歓声を上げて小判らしきものをしきりに拾い上げているのが、木戸越しに見えた。

「やつはあそこにいたのだな」

木戸越しに佐之助は長屋の屋根を眺めた。とうに姿をくらましたようで、そこに人影はない。

「この闇の中、捜し出すのは難儀だな」

顔をしかめて佐之助がつぶやいたとき、またしても、猿の頭のお恵みよぉ、という声が聞こえてきた。

「あっちだ」

路地を戻り、佐之助は再び通りに出た。声は東のほうから聞こえてくる。そちらに走っていくと、男の声がはっきりと聞こえてきた。小判がばら撒かれて落下した音も耳に入る。

その直後、佐之助は、おっ、と声を上げた。一軒家の屋根にすっくと立ち、小判を撒く男が目に映ったからだ。全身を黒い衣服で包んでいる。

忍びのようだな、と佐之助は感じつつ、その家に駆け寄った。音を立てて路上に散らばっていく小判を、大勢の者が目を輝かせて拾っている。小判を宙で受け止めようとする者も少なくない。

あの屋根に上って捕らえるか、と佐之助は思ったが、男が下りてくるのを待つほうがよい、と考え直した。

「親本はここにおれ。やつが下りてきたら、捕まえるのだ。大平、ついてこい」

さっと手を振るや佐之助は走り出し、家の横の路地に入った。虎太郎が続く。

「大平は、この道を見張れ。俺はこの家の裏に回る」

足を止めることなく佐之助は命じた。

「承知しました」

風を切って佐之助は家の裏手に向かった。角を曲がって立ち止まる。近くに厠《かわや》でもあるのか、肥《こえ》くさかった。

猿の儀介とおぼしき男は、きっとこちら側に下りてくるだろう、と佐之助は踏んでいる。人が一人もおらず、ひっそりとしているからだ。騒がしいところより、静かな場所に下りようとするのが、人情というものではあるまいか。

ただし、ここからでは男の姿は見えない。小判を撒き終えた後、どんな動きをするのか、見えないのは不安だが、ここで待ち構えていればよいと、佐之助は断じた。

不意に、家の表側でひときわ大きな歓声が上がった。ありがとよ、恩に着るぜ、この御恩は忘れないよ、といった声がしている。

――まさか。

男は、寛兵衛がいる家の表側に下りたようだ。

しくじったな、と佐之助は舌打ちしたが、そのときにはすでに走り出していた。寛兵衛はどうしたか。男を捕らえただろうか。まさか、怪我を負ったりしていないだろうな。

佐之助のいいつけを守ってその場を動かずにいた虎太郎を促して、佐之助は家の表側に回った。

大勢の者が路上に立ち、東側を眺めていた。歓喜の声を上げながら小判を捧げ持つ者もいれば、手を合わせ拝んでいる者もいる。いかにも弾む心を抑えられない様子だ。去っていく男を見送っているようだ。

どけっ、と声を上げて佐之助は人垣を突っ切った。だが男の姿は、もうどこにもなかった。闇の向こうに去ったようだ。

逃がしてしまったか、と佐之助は臍《ほぞ》をかんだ。今から追ってあの男を見つけ出せるか。よほどの幸運に恵まれない限り、無理だろう。

――俺が読みを外さなければ、捕らえることができた……。

おのれを殴りつけたい気分だ。いや、と佐之助は首を横に振った。ここであきらめるのは早すぎる。

あの男は、まださほど遠くへは行っていまい。追ってみるべきではないか。

――仮に無駄に終わってもかまうものか。

道の端に、呆然とした様子で寛兵衛が立っていた。佐之助は虎太郎とともに近づき、声をかけた。

「きさまらはここで待っておれ」

「倉田師範代はどうされるのですか」

後ろから虎太郎が問う。

「やつを追う。四半刻たっても俺が戻ってこなければ、秀士館に帰っておれ」

「わかりました」

「親本、怪我はないな」

「は、はい、大丈夫です」

その返事を聞くやいなや、佐之助は地面を蹴った。男の気配を探りつつ暗い道を走る。

人けのない町を四町ほど駆け続け、こぢんまりとした辻に差しかかったとき、左側に人影がちらりと見えた。その影は右手にすぐに曲がったようで、一瞬で見えなくなったが、やつではないかと佐之助は辻を折れた。

十五間ばかりで、人影が曲がっていった角に着いた。足を止め、物陰に身を寄せて闇の先を透かし見る。

二十間ほど先を、商家などの軒下を選ぶようにして男が足早に歩いていた。頭巾はかぶっていないようだが、黒い衣服を身に着けているのが知れた。

やつだ、と佐之助は肩に力が入った。物陰を出、足音を殺して男を追う。

あと五間まで迫ったとき、気配を覚ったか男が不意に振り返った。あっ、と口が開き、間髪を容れずに走り出した。

「やはり猿の儀介だな」

叫ぶや佐之助は地を蹴り、男との間合《まあい》を詰めようとした。しかし男は思いのほか足が速かった。徐々にではあるが、背中が遠ざかっていく。

このままでは逃げられてしまいそうだ。今ならまだ刀が届く。刀を抜くや、佐之助は男に斬りかかった。むろん、殺す気はない。

男の肩に刃が触れたと見えた瞬間、男がさっとよけた。斬撃は空を切った。

なにっ、と佐之助は目をみはった。男にはまちがいなく剣術の心得がある。

すぐさま刀を引き戻し、佐之助は追った。しかし男との距離は開きつつある。

逃がすものか。心に気合をかけたが、すでに七間ほども引き離されている。

男が角を左に曲がった。少し遅れて佐之助も折れた。だが、男の姿がかき消えていた。

屋根に上ったか、と駆けながら佐之助は頭上を見やったが、どこにもいない。

しばらく佐之助はあたりを駆け回った。しかし、二度と男の姿を見ることはなかった。

くそう、と毒づいて立ち止まった。息がひどく荒い。

——まさか二度もしくじりを犯すとは……。

仕方なく佐之助は道を戻りはじめた。ちょうど男を見失ったあたりまで来て、用水桶《ようすいおけ》の陰に狭い路地があることに気づいた。

やつはここを入っていったのではないか。つまり、このあたりに土地鑑があるのか。でなければ、こんなところに路地があるなど知っているはずがない。

佐之助は用水桶を蹴り上げたい衝動をこらえるのに必死だった。

虎太郎と寛兵衛が待つ場所に戻ると、佐之助の無事な姿を見て、二人は安堵の顔になった。

「いかがでしたか」

期待に満ちた目で虎太郎がきいてきた。見ればわかるだろう、といいたかったが、佐之助はただかぶりを振るだけにとどめた。

「逃がした」

「さようですか」

二人が残念そうな表情になる。佐之助は、寛兵衛が申し訳なさそうな表情をしていることに気づいた。

「親本、どうした」

はっ、と寛兵衛がかしこまる。

「それがしのしくじりで、あの男を逃がしてしまいました」

「きさまのせいではない。俺が悪い。最初の読みを外した」

その声が聞こえなかったかのように、寛兵衛が力なく首を振る。

「あの男がすぐ近くに下りてきたので、それがしは飛びかかろうとしたのです。しかし、町人たちがあっという間に集まってきまして」

小判を手にした町人たちは歓喜のあまり、男をもみくちゃにしようとしたのだろう。

寛兵衛から目を離し、佐之助は男を見失った東の方角へと顔を向けた。

——猿の儀介が小判をばら撒いていったということは、今夜も盗みに入られた商家があるということだ。

この近くの商家だろうか、と考えて佐之助は眉根を寄せた。

――まさか加藤屋であるまいな。いや、あそこしか考えられぬ。

「本郷一丁目に行くぞ」

はっ、と虎太郎と寛兵衛が答えた。なぜ佐之助がそこへ向かおうとするのか、すでに覚っている顔つきだ。

疲れを見せることなく佐之助は夜道を駆けた。二人が後ろをついてくる。

道が本郷一丁目に入り、佐之助たちは加藤屋の前に立った。すぐには訪《おとな》いを入れず、佐之助は屋内の気配をうかがった。

なにかただならない気配を覚えたが、剣呑《けんのん》さは感じられなかった。これは、猿の儀介に盗みに入られたからではないのか。

「訪《おとな》いを入れましょう」

虎太郎が進み出て、拳で表戸を叩く。応《いら》えはない。首をひねった虎太郎が再び拳を振り上げた。待て、と佐之助は止めた。

「誰か来たようだ」

臆病窓が開き、中からおずおずとした男の声が聞こえてきた。

「どちらさまでしょう」

「我らは日暮里にある秀士館の者だ」

朗々《ろうろう》たる声で虎太郎が告げた。

「いま市中の見廻りを行っている最中なのだが、先ほど猿の儀介とおぼしき男が金を撒いているのを見た。もしやこの店が襲われたのではないかと思い、やってきたのだ。どうだ、ちがうか」

「あの、お尋ねいたしますが、何者かが、店の周りで見張っておりませんでしょうか。外に出たら殺すといわれているのです……」

「どこにもおらぬ」

これは佐之助が伝えた。

「先ほど猿の儀介とおぼしき男が闇に消えた。多分ねぐらに戻ったのであろう」

胸中の苦々しさを佐之助は嚙み殺した。

「さようでしたか。あの、秀士館とおっしゃいましたが……」

秀士館がどういうところなのか、佐之助は手短に説明した。

「さようでございますか。佐賀《さが》さまという立派なお武家が創建された学校……。そこで大勢のお方が学んでおられるのでございますな」

その直後、桟《さん》を外す音が小さく響いてきた。くぐり戸が開き、男が顔をのぞかせる。

「どうぞ、お入りください」

くぐり戸を抜け、油くさい土間に佐之助たちは立った。男のかたわらに行灯が一つ置かれ、中はほんのりと明るかった。

男は敬次《けいじ》と名乗った。加藤屋で番頭をつとめているそうだ。今夜この店でなにがあったのか、深刻そうな顔で佐之助たちに語った。猿の儀介に忍び込まれてあるじの順之助が殺され、二千両を奪われたそうだ。

猿の儀介め、と佐之助は奥歯を嚙んだ。ついに人を殺めたか。どんなわけがあろうと、そこまでやってしまっては、もはや義賊とは呼べまい。ただの悪党だ。

雪駄《せった》を脱いで佐之助たちは店内に上がり、奥の座敷に寝かせられている順之助の遺骸を見た。女房らしい女が、泣きはらした顔で枕元に座していた。入ってきた佐之助たちに気づいていないのか、顔を向けようともしない。

加藤屋順之助という男は、裏では非道な行いをしていたと読売には書いてあったが、こうして仏になってしまえば、哀れという思いしか湧いてこない。

佐之助は布団のかたわらに端座して目を閉じ、手を合わせた。虎太郎と寛兵衛も同じことをしている。

「まだ自身番には知らせておらぬな」

座敷の外に出て、佐之助は敬次にきいた。

「はい、まだです」

「知らせたほうがよいな。町奉行所の者が来るのは、おそらく早朝だろうが……」

本郷一丁目は、樺山富士太郎が縄張としているはずだ。あの男が探索に当たるのなら、と佐之助は思った。すべてを任せて構わないだろう。

「わかりました。さっそく使いを走らせます」

「最後に一つききたいのだが、賊は何人だった」

「忍び込んできたのは二人にございます」

「おぬし、猿の儀介一味の二人について、なにか気づいたことはないか。もしくは、なにか妙だと思ったことはないか」

はい、と敬次が相槌を打つ。

「妙と申しましょうか、二人はお武家の言葉を使っていたように思います」

ほう、と佐之助は声を漏らした。

「侍だというのか」

「もちろん、しかとはわかりませんが……」

猿の儀介は侍かもしれぬのか、と佐之助は思った。食い詰めた浪人が押し込みをやることなど珍しくはないが、猿の儀介もその手の者なのだろうか。今宵のやり口は、押し込みといってもなんら差し支えないだろう。

――小判を撒いていたあの男には剣術のたしなみがあった。しかも、相当の腕であるのはまちがいない。

それでも次に会ったら、と佐之助は思った。必ず捕まえて正体を暴いてやる。

「さて、帰るとするか」

虎太郎と寛兵衛をいざない、佐之助は加藤屋をあとにした。外に出るや虎太郎が提灯に火を灯す。

虎太郎の先導で、佐之助は歩きはじめた。

「しかし倉田師範代、なにゆえ猿の儀介は小判を撒くのでしょう」

不思議そうに虎太郎がきく。

「庶民がもらっても、小判を使うことなどできませぬ。宝の持ち腐れではありませぬか」

「その通りだ」

佐之助は首肯した。虎太郎のいう通り、小判は両替商で小銭に替えないと、日常の暮らしに役立てることはできないのだ。両替商に持っていっても、どうやって小判を手に入れたか根掘《ねほ》り葉掘《はほ》りきかれる。猿の儀介からの恵み物だと答えようものなら、取り上げられて二度と戻ってこないだろう。

「しかし小判など一生、目にすることがない者がほとんどだからな。じかに触られることができるだけでも、ありがたいものなのかもしれぬ」

「一生の思い出になるということですか」

「あるいは、猿の儀介が、庶民が小判を使えぬことを知らぬのか……」

「えっ」

意外そうな声を寛兵衛が発する。

「それはどういうことなのでしょう」

「先ほど加藤屋の番頭が、猿の儀介は武家の言葉を使っていたといっていた。俺が小判を撒いていた男の背中に迫り、刀を振るったときもぎりぎりでかわしてみせた。猿の儀介は存外、世間知らずの武家なのかもしれぬ」

「えっ。世間知らずというなら、大身の武家かもしれませぬな。身分の高い家柄の者が、盗人をやっているのでしょうか」

「さあて、判然とはせぬが、なにゆえ庶民に小判を撒くという道理に合わぬ行いをしているか、理屈は通ろう」

「確かに……」

とにかく、と佐之助は少し声を張った。

「二人とも遅くまでご苦労だった。今夜はゆっくり休んでくれ」

虎太郎と寛兵衛は、秀士館の寄宿所に住み込んでいる。多くの門人が入っている寄宿所は、幸いにして大火事の類焼を免《まぬが》れた。

音羽《おとわ》に住処がある佐之助は、途中で二人と別れた。

「二人とも気をつけて帰ってくれ」

「倉田師範代もお気をつけくださ い」

「承知した。また明日、会おう」

「はい」

提灯に火を灯し、佐之助は音羽を目指して歩きはじめた。さすがに疲れを覚えている。眠けも増してきた。

前は一晩の徹夜くらいなんということもなかったが、今は夜通し起きていると、翌日はまったく使い物にならない。寝るのが遅くなると、朝になっても体にだるさが残ったままになる。

俺も歳を取ったのだな、と痛感せざるを得ない。明日は門人のためでなく自分のために、普段より早く見廻りを切り上げたほうがよさそうだ。

五

危うかった、と夜の町を走りつつ角之介は思った。

どうやらあの男を振り切ったようだ。用水桶の陰に隠れるように口を開けている路地に入ったのがよかったのだろう。あそこの路地は、前に盗みに入った帰りに見つけたのだ。

先ほど襲いかかってきた者は、とんでもない遣い手だった。総毛立つような鋭い斬撃を男が繰り出したのがわかったが、角之介はどうすることもできなかった。正直、斬られたと思ったが、体が勝手に動き、斬撃をかわしていた。

油断していた。まさか追手がいようとは夢にも思っていなかった。

その上、斬りつけようとする者などいるはずがないと高をくくっていた。しかし、それはただの考えちがいでしかなかった。

——世の中は広い。甘く見ると命取りだ。

今夜のことは、これからの戒《いまし》めとしなければならぬ。

人けのない道を歩き、角之介は三味線堀そばの下谷七軒町《したやしちけん》に着いた。目当ての屋敷の門前に、儀介がひっそりと立っていた。角之介は小走りに近づいていった。

「遅かったな」

憂《うれ》い顔で儀介が角之介を見る。なにがあったか、角之介は儀介に語った。

「なにっ。遣い手に斬りかかられただと」

声はなんとか抑え気味にしたようだが、儀介が目をむき、角之介をじっと見る。

「怪我はないか」

「ありませぬ。すんでのところでかわしましたから」

「なにごともなくてなによりだ」

儀介は、角之介の無事を喜んでくれた。

「斬りかかってきた男は何者だ」

新たな問いを儀介が投げる。

「わかりませぬ。このところ見廻りと称し、鋭い目つきで江戸市中を巡っている者がかなりおります。あの男も、その類《たぐい》ではないでしょうか」

「こんな刻限にか。ずいぶん遅いが……」

「我らを的に、見廻りを行っている者かもしれませぬ」

「なるほどな。それなら、このような刻限に見廻っているのもわかる。町奉行所の息のかかっている者か」

「そうかもしれませぬ」

「わかった。これからは、さらに気を引き締めねばならぬな。よし、角之介、入るとするか」

はっ、と答えて角之介は目の前の塀を見た。さっと跳躍した儀介がひらりと塀を越えた。角之介はすかさず続いた。

そのままひっそりと暗い庭を突っ切り、蔵の前に立つ。さほど大きな蔵ではないが、中には金品がおさめられている。

儀介が懐から鍵を取り出した。それを使って扉についている錠前を開ける。扉を開け、角之介は儀介に続いて中へ入った。

簀《す》の子《こ》の上に、三つの頭陀袋が並んでいる。その横に、今夜奪った金が入っている頭陀袋を置いた。それぞれの頭陀袋には、千九百両がおさまっている。

つまり、全部で七千六百両だ。

――これだけあればだいぶ内証《ないしょ》もよくなるだろうし、領民も救えるかもしれぬが、まだまだ足りぬ。盗みは続けなければならぬ。

心中でつぶやき、角之介は金蔵から出た。儀介が扉を閉める。

「よし、戻ろう」

塀を跳び越えて、二人は住処のある本所《ほんじょ》を目指した。人けのない暗い道を足早に歩きつつ、次はどこを狙うべきか、角之介は小声で儀介に尋ねた。

「読売に出ていた西の大関しかなかろう」

確信のある声で儀介が答えた。

「それがしも同じです」

次の標的を米問屋の岩田屋にすることで、意見が一致した。

岩田屋は悪徳の米問屋として知られている。米を買い占め、売り惜しんでいるという風評がある。しかも、読売の書き立てていることが本当なら、賭場を利用して同業者を借金漬けにしているらしいのだ。

富士山の噴火もあって、江戸はいま諸色《しょしき》が値上がりしている。岩田屋は米の値が上がっていくのを、ほくそ笑みながらひたすら待っているのだ。

明日か明後日には、岩田屋に忍び入り、また二千両を奪うことに決まった。

四半刻ほど歩き、本所松倉町《まつくらちょう》に入った。角之介は、むっ、と声を漏らしそうになった。

「どうした」

「あの侍らしき男ですが」

足を止めて角之介は、提灯を灯して前から歩いてくる男を見やった。まだ半町以上を隔てているものの、侍はきびきびとした身ごなしを見せており、すぐにでもここまでやってきそうだ。

「このような刻限に一人で歩いているのか。怪しいやつだな」

忌々《いまいま》しげに儀介が小声で吐き捨てる。

「あの侍がどうかしたか」

「それがしに襲いかかってきた者と、似ておるような気がいたします」

「なんだと」

さっと面を上げ、儀介が侍を透かし見る。すぐに我に返ったように、角之介、と呼びかけてきた。

「こっちに来い」

儀介にいわれた通り、瞬時に角之介は道を折れて路地に入った。路地を足早に進み、別の通りに出る。

侍は路地に入ってこなかったようだ。

――襲ってきた男ではなかったか。

しかし、身のこなしや全身から放たれる気のようなものは、そっくりのように感じた。

「我らを追ってはこぬようだな」

「はい」

通りをしばらく進み、目の前にあらわれた武家屋敷の前で足を止めた。高い塀だが、角之介たちはこれもあっさりと乗り越えた。

木々の鬱蒼《うっそう》とした庭を行くと、離れが見えてきた。

「角之介、しっかり休め」

儀介にいわれ、角之介は深くうなずいた。

「兄上も」

うむ、と儀介が返してきた。角之介は自身の寝所に落ち着いた。

今頃、兄上も布団に横になっているのではあるまいか。

市中見廻りに出て佐之助たちと分かれたあと、直之進は中内田《なかうちだ》充兵衛《じゆうべえ》、五十嵐《いがらし》風馬《ふうま》という二人の門人を連れて、夜の本所と深川《ふかがわ》界隈を歩いた。

なんとしても猿の儀介を捕らえたいと直之進は思っている。本当なら、加藤屋がある本郷のほうへ行きたかったが、そちらは佐之助の縄張である。

夜も更けてきたとき、直之進は同道させた二人の門人に、先に秀士館に戻るよう命じた。その後、深更に至る今まで一人で見廻りを行っていたのだ。

なにゆえ義賊である猿の儀介を捕らえなければならないのか。そんな疑問を風馬らは抱いていたようだ。

それに対して直之進には明快な答えがある。

「義賊といわれているが、義というのは人が守るべき正しい道のことである。いくら大金を盗み取った相手が悪徳商人ばかりとはいえ、そのような金を庶民に恵んだところで、義とはいえぬのだ。どんなわけがあろうと、盗みは悪事に過ぎぬ。ゆえに、猿の儀介はただの悪党。悪党を捕らえるのに、なんのためらいが要ろうか」

九つは過ぎたが、残念ながら直之進は猿の儀介に出会《でくわ》さなかった。

――もう帰るとするか。

軽く息をついてから、直之進は日暮里の秀士館に向かって歩きはじめた。途中、本所松倉町に差しかかったあたりで、軒下を選んで歩く二人組の男がこちらに向かってくるのが見えた。二人は提灯を灯していない。

その二人は、直之進を見ると道を曲がっていった。怪しいとしかいいようがない。すぐさま直之進も道を折れたが、狭い路地に二人の姿はなかった。直之進から逃げたようにしか思えない。

――何者だ。まさか猿の儀介一味ということはあるまいが……。

直之進はしばらくそのあたりを探し回ったが、二度と二人を見かけることはなかった。

秀士館に戻ったのはすでに八つに近かった。さすがに疲れ切っていたが、おきくがすぐに起き出して、握り飯を供してくれた。直之進の帰りに備えてつくっておいてくれたようで、涙が出るほどうまかった。おきくのようなできた女と一緒になれてよかったと、心から思った。

外に出て、直之進は下帯一つになり、井戸水を浸した手ぬぐいで体を拭《ふ》いた。さっぱりした直之進は、おきくが敷いてくれた布団に横になった。そばでせがれの直太郎がぐっすりと眠っている。頰をつついてみたが、目を覚まさない。

そのかわいい寝顔を見ているだけで、疲れが飛んだ。すっきりとした思いで、直之進は眠りに落ちていった。

第二章

一

蝉《せみ》が鳴いている。

——暦の上では春だけど、まだまだ寒いし、なんだかおかしいな。いや、蝉じゃないね。

はっ、として樺山富士太郎は目を開けた。行灯が灯っているようで、天井に映る明かりがゆらりと動く。見ると、横の寝床でせがれの完太郎《かんたろう》が泣いていた。

——ああ、おまえだったのかい……。

両膝をついて、妻の智代《ともよ》がおしめを替えていた。完太郎が大きいほうをしたらしい。

「手伝おうか」

起き上がって、富士太郎は声をかけた。富士太郎を見て、智代が済まなそうに頭を下げる。

「すみません、起こしてしまって。あなたさまはお勤めがあるのですから、まだ休んでいてください」

「いや、事件と同じで、赤子には夜も昼もないからね。おいらはへっちゃらだよ。智ちゃん、遠慮せずになんでもいっておくれよ」

「でしたら、これを厠に捨ててきてくれませんか。おしめは捨てないでくださいね」

大便が包まれたおしめを持ち、富士太郎はひどく冷える廊下に出た。

――うぅ、寒いねえ。早く暖かくなってくれないかねえ……。

暗い中、目を凝《こ》らして足早に歩き、厠を目指す。おしめから、ほんのりと温もりを感じる。

――これは、完太郎がしたんだからね。汚いなんて全然思わないよ。

おしめの中身を厠に捨て、富士太郎は寝所に戻った。

「このおしめはどうすればいいんだい。ああ、そこの桶に浸《ひた》しておけばいいんだったね」

「はい、お願いします」

水が張られた二つの桶が乾いた雑巾《ぞうきん》を下敷きに、部屋の隅に置かれている。右側が小便用で、左側が大便用である。

左側の桶には、おしめは一つも入っていなかった。おしめをそっと投げ入れようとして、富士太郎はとどまった。

「智ちゃん、桶に氷が張っているけど……」

「ああ、この冷え込みじゃ、そうでしょうね。そのまま入れてもらって構いませんよ」

わかった、と答えた富士太郎は氷を指で割っておしめを水に浸した。寒いのはいやだねえ、と身震いしつつ思った。

小便用の桶には、すでにおしめが何枚か溜まっていた。朝になれば、これらを智代が洗うのだ。

――この水の冷たさに加え、なかなか汚れが落ちないから、さぞ大変だろうね。

富士太郎は智代の苦労を思いやった。春が近づきつつあるとはいえ、手は凍えるほど冷たいだろう。代わってやりたいが、智代は決して肯《がえ》んじないにちがいない。

　──今のところは、智ちゃんに任せるしかないか……。

　すでに夜明けが近いのは、眠りが足りていることからわかる。七つ半は回っているのではあるまいか。

　おしめを替え終えた智代が、完太郎に乳をあげはじめた。行灯の明かりに照らされたその姿に、神々しさすら覚えた。

　なんてきれいなんだろう、と富士太郎は目を奪われた。乳にむしゃぶりついた完太郎は、ごくごくと勢いよく喉を鳴らしている。

　その様子に、富士太郎は生命の力強さを感じ取った。

「実にいい飲みっぷりだね」

「ええ、とても。吸いつきが強くて、痛いくらいです」

　完太郎をじっと見て智代が微笑む。

「男の子は、このくらいがちょうどいいんでしょうけど」

　おいらはどうだったのかな、と富士太郎はちらりと考えた。今さら母の田津《たづ》にきくようなことではなく、どうだったか知れたところで、どうでもよいことでしかない。

――まあ、おいらのことだから、あまり強くは吸わなかったんじゃないかね……。

しばらくすると満腹になったらしく、完太郎がうつらうつらしはじめた。起こさぬように、そっと床に寝かしつけた智代が、完太郎が完全に眠入ったのを確かめる。静かに立ち上がり、朝餉《あさげ》の支度に台所へ向かう。

――朝餉ができるまでのあいだ、ちょっと横にならせてもらうかな……。

眠るつもりはない。肘枕《ひじまくら》をついて富士太郎は、満足そうに寝息をつく我が子を眺《なが》めた。

――赤子というのは、本当にかわいいもんだねえ。こうして見てるだけで、自然と笑顔になっちまうよ。

樺山家の跡取りとして生まれた完太郎が、富士太郎は愛おしくて仕方がない。目に入れても痛くないという言葉は、偽りでもなんでもない。そのことを毎日、実感している。

やがて明け六つの鐘が鳴り、それを潮に富士太郎は立ち上がった。寝間着を脱ぎ捨て、出仕のための着替えを手際よく済ませた。最後に十手《じって》を袱紗《ふくさ》で包み、懐にしまい入れる。

布団の上に端座して、完太郎の頭をなでていると、朝餉ができましたと智代が知らせに来た。布団ごと完太郎を抱き上げる。完太郎は身じろぎ一つせず、眠ったままだ。

「完太郎は、まだおんぶできないんだね」

小声で富士太郎はきいた。

「首が据わらないと駄目なんですよ」

おんぶができるようになれば智代も両手が使えるようになり、少しは楽になるのだろうが、それまではいろいろと大変だろう。

「いつおんぶができるようになるんだい」

「あと二月半は無理だと思います」

「そんなに……。けっこう長いね」

過ぎてしまえばあっという間だったと感じるだろうが、今はかなり遠く先のことに思える。智代の力になれない自分が、富士太郎はもどかしかった。

智代と一緒に台所の隣の間に行くと、火鉢が盛んに炭を弾いており、暖かかった。火鉢はうれしいねえ、と心から思った。

完太郎の床《とこ》を火鉢の熱がよく届く場所に敷いていると、母の田津がやってきて、完太郎の頬を目を細めてつっついた。

「なんてかわいいんだろう。抱き締めて食べちゃいたいくらい……」

もともと垂れ目なのが、今や目尻が思い切り下がっている。

富士太郎はその様子を見ながら座布団に座った。武家が座布団を使わなかったのは昔のことで、今はほとんど誰もが恩恵にあずかっている。特に冬は、床の冷たさがじかに体に伝わらないのがありがたい。

――座布団とはよくいったものだよ。ほんと、布団みたいだね。

「お待たせしました」

膳を持ってきた智代が、笑顔で富士太郎の前に置く。私がやりましょう、と田津が給仕してくれる。

炊き立てらしく、飯からはほかほかと湯気が上がっている。わかめと豆腐の味噌汁もうまそうだ。いただきますといって箸《はし》を取り、富士太郎は朝餉を食した。

飯を食べながら、ふと横を見ると、完太郎がいつの間にか目を覚ましていた。

自然と頬が緩んでしまう。

満足して食べ終えて茶をすすり、笑っている完太郎に、おまえはいつもご機嫌さんだね、と優しく声をかける。

そのとき、勝手口のほうから人の呼ぶ声がした。来客のようだ。

応対に立った田津がすぐに戻ってきた。伊助《いすけ》が来たという。伊助は、富士太郎の中間《ちゅうげん》をつとめている男である。

こんな朝早くにかい、と富士太郎は心中で眉を寄せた。今はまだ六つを少し過ぎたくらいだ。なにか重大な事件が起きたにちがいない。立ち上がりながら猿の儀介のことが、ちらりと脳裏をかすめた。

勝手口に赴《おもむ》き、伊助と会った。伊助によると、昨夜、本郷一丁目にある油問屋の加藤屋に猿の儀介があらわれたという。やはり勘が当たったのか、と富士太郎は唇を嚙んだ。

「しかも死人が出たようです」

なんだって、と富士太郎は目をみはった。

「初めての死者だね」

ついに恐れていたことが起きたのだ。

「主人の順之助さんが斬り殺されようなのです」

「主人を殺《や》ったのは、猿の儀介でまちがいないんだね」

はい、と伊助がうなずく。

「さようです。賊の一人がはっきりと名乗ったらしいんです」

「名乗った……」

「はい。これは加藤屋の女将《おかみ》さんの話らしいんですが……」

「女将のね……。賊は二人組だったのかい」

「どうやらそのようです」

猿の儀介が二人組だとわかったのは、数日前に盗みに入られた材木問屋の槇島《まきしま》屋《や》の奉公人が厠に立とうと目覚めたとき、頭陀袋らしい物を背負って店の裏の木戸から出ていく二人組の姿をおぼろげに見たからだ。深川に店を構える槇島屋も悪評が高かったことに加え、そこから三町ほど離れた場所で猿の儀介による小判のばら撒きが行われたことで、猿の儀介による犯行が裏づけられた。

――しかし、猿の儀介が名乗ったのか。なんでそんな真似をしたんだろう。いつもと手口がちがうよ。不思議だね。

加藤屋に対してそんなことをしなければならなかったわけでもあるのだろうか。

――悪名高い店として知られていた加藤屋の主人とはいえ、殺されてよいものではないものね。

猿の儀介は庶民から義賊呼ばわりされているが、ついに馬脚《ばきゃく》をあらわしたのだ。悪辣《あくらつ》な行いをしていた商人が殺されて、快哉《かいさい》を叫ぶ町人も少なくないのかもしれないが、必ず捕らえて獄門台《ごくもんだい》送りにしなければならない。

いったん中に戻って智代や田津に人殺しがあったと告げ、なにも知らずに笑顔を見せている完太郎の頰をなでてから、富士太郎は屋敷を出た。門のほうに回っていた伊助の先導で、本郷一丁目に向かう。

――これで猿の儀介にやられたのは、四軒目になるな。

今回死人を出してしまったのも、町方が猿の儀介を捕らえられなかったからだ。

――すべてが、おいらのせいじゃないとはいえ……。

これまで猿の儀介は、他の同心の縄張で犯行を重ねていた。それが今回、初めて富士太郎の縄張内で凶行に及んだのだ。

くそう、と富士太郎は歯嚙みした。

――許さないよ。

「順之助というあるじがどうして殺されなければならなかったのか、そのわけはわかっているのかい」

怒りを抑え込み、富士太郎は前を行く伊助にきいた。

「いえ、あっしもまだ詳しい話は聞かされていないんで……」

「じゃあ、店の者からつぶさに話をきくことにしよう」

半刻もかからずに本郷一丁目に着き、富士太郎は加藤屋の前に立った。店はひっそりとして、戸は閉《た》てられたままだ。

今日は、もちろん店は開けないのだろう。果たして、次はいつ開けられるものなのか。主人を失った今、奉公人たちにも目処《めど》が立っていないにちがいない。

伊助とともに奥の間に通された富士太郎は、白布がかけられた加藤屋順之助の骸と対面した。端座し、両手を合わせる。

新たな怒りがふつふつと湧いてきた。悔しさが募《つの》り、涙が出そうになったが、今は泣いている場合ではない。

隣の間に移り、順之助の女房のおせんに話を聞くことにした。おせんは目を泣きはらしている。

「少しは落ち着いたかい」

はい、と答えておせんが富士太郎を見る。瞳に、悲しみの色がくっきりと浮いていた。悪名が高かったといえども、順之助のことをきっと慈《いつく》しんでいたのだろう。

「大丈夫でございます」

「猿の儀介を捕らえるためだ。なんでも正直に話してくれるとありがたい」

「わかりました」

四半刻もかからずに、富士太郎はおせんの話を聞き終えた。それでわかったのは、猿の儀介がいきなり寝所にあらわれて順之助とおせんに刃物を突きつけ、金蔵を開けさせて二千両を奪った。さらに町奉行所に通報されないようにおせんを人質にして店から去ろうとした一味に、順之助が匕首を手に抵抗して、後ろから配下の男に斬り殺されたのだ。

裏の商売の金貸しのことでうらみを買っている順之助は一度ならず暴漢に襲われたことがあり、護身用に常に匕首を持ち歩いていたという。就寝の際も、決して手放すことはなかったらしい。

とにかく、と富士太郎は思った。猿の儀介は押し込みまがいの真似をしたのだ。

――いや、まがいじゃないね。もう押し込みといっていい手口だよ。

これは、やはり今までになかったやり口である。これまで猿の儀介は商家に忍び入り、家人がぐっすりと寝入っている隙に鍵を盗み、密かに金蔵を開けて金を奪っていたのだ。

――なにゆえ加藤屋に限って、あるじ夫婦をわざわざ起こすような真似をしたのかな。

そのことをおせんにたずねたが、わからないとのことだ。さらに富士太郎は奉公人からも話をきいた。しかしながら、おせんからきいた以上の話は得られなかった。

猿の儀介の人相も問うてみたが、賊の二人は頭巾をすっぽりとかぶっており、顔貌がわかる者は一人もいなかった。

「あの二人は武家かもしれません」

不意に、憤怒の炎を目に宿しておせんが口にした。

「えっ、本当かい」

これは初めて聞く証言である。

「どうしてそう思うんだい」

「二人とも、武家らしい言葉遣いをしていたからでございます」

これはまちがいなく手がかりだ。これまでに三軒の商家が猿の儀介に盗みに入られたが、猿の儀介が武家だという証言は一度も出てこなかった。

侍が盗人かもしれないのかい、と富士太郎は暗澹《あんたん》とした。武家で内証が苦しいところなどそれこそ数え切れないほどあるが、そこまでやる武家はさすがにいない。武家としての矜持《きょうじ》があるからだ。

——それを失っちまった者の仕業かい。

必ず捕らえてやるからね、と富士太郎はまだ見ぬ猿の儀介に向かって力強く宣した。

二

首を伸ばし、直之進はせがれの顔をのぞき込んだ。

朝の五つ前だというのに、まるで今が深夜のごとく直太郎はぐっすりと眠っている。頰をつついたところで、目を覚ましそうにない。直之進は直太郎の頭をなでた。

直太郎をそっとおんぶし直したおきくが、笑顔で直之進を見つめる。

「では、行ってまいる」

笑顔でおきくに告げ、直之進は戸口から外に出た。

「いってらっしゃいませ」

おきくの声に押されるように歩き出すと同時に、自然に富士山へと目が向いた。

雪があらかた解けて茶色い地肌を見せている霊峰は、相変わらず太い噴煙をもくもくと上げていた。

あの噴火は、いったいいつおさまるのか。これまで何度考えたか知れない。だがいつかは必ず終わりが来る、と直之進は思った。その日を楽しみに待てばよい。

風は今日も北西から吹いており、火山灰は直之進の故郷沼里を避けているようだ。伊豆国のほうへ流されているように見える。

伊豆の人々の暮らしはどうなっているのだろう。直之進は気にかかってならない。伊豆には沼里家の飛び地もある。そこには代官所もあり、沼里から役人が派遣されている。どれほど難儀していることだろう。

伊豆には行けずとも、と直之進は考えた。やはり一度、沼里に戻って故郷の様子を確かめたい。

東海道は、いまだに往来《おうらい》が止められたままだと聞く。江戸から沼里へ行くなら船しかないのだ。沼里家の江戸留守居役である井畑算四郎から、今日こそはつなぎがあるだろうか。

——もし今日も使いが来なければ、明日にでもまた上屋敷に行ってみるか。

それがよかろう、と直之進は決断した。悩んでいるより動いたほうが早い。外では、秀士館に住み込んでいる門人たちが、火事で焼け出された者たちのために炊き出しの支度をはじめていた。

直之進は足早に近づいていった。ただ、昨夜、帰りがかなり遅かったせいで少し眠い。そのせいか体も重く、足に鉛《なまり》が張りついているかのようだ。

——俺も三十三だ。無理が利かぬ歳になったということだな……。

一昔前なら、深更の八つ過ぎに就寝して明け六つに目覚めても、体に響くようなことはまずなかった。徹夜でも平気だった。用心棒をしているときに、培《つちか》われたものだろう。

だが、今はそうではない。もう若くはないのだと思うと、直之進は少し寂しかった。

不意に、どん、と大きな音が響いた。頬を小突かれたような軽い衝撃があった。また富士山が爆鳴を発したのだ。

すでに耳慣れた音だが、直之進はなんとなく富士山のほうを見やった。いくつもの炎の塊が尾を引いて落ちていく。相変わらずすさまじい光景だが、それを背にして佐之助が冠木門《かぶきもん》をくぐってきたのが見えた。

足を止め、直之進は佐之助を待った。

直之進のそばまで来て立ち止まった佐之助が右手を挙げ、朝の挨拶《あいさつ》をする。直之進も笑顔で返した。

「どうした、湯瀬。ずいぶん疲れた顔をしているではないか」

直之進を見て佐之助が案じ顔になる。

「昨日、帰りが遅かったのか」

「ああ。だが倉田、おぬしも顔色がよいとは決していえぬぞ」

「実は俺も帰りがだいぶ遅くなった。それがこたえているようだ。俺には無縁な言葉だと思っていたが、やはり歳には勝てぬようだな」

情けなさそうに佐之助が首を横に振る。

「倉田でさえ疲れが抜けぬのなら、俺ならなおさらだろう」

「だが、きさまは俺よりずっと若く見えるぞ。ああ、そうだ」

ふと佐之助がなにか思い出したような表情を見せた。

「きさまに会ったら最初にいおうと思っていたのに、それも失念していた。これも歳のせいか……」

「倉田、なにかあったのか」

すかさず直之進は問うた。

「昨夜、猿の儀介一味らしい者を捕らえ損ねたのだ」

「猿の儀介に出会《でくわ》したのか」

ああ、と答えた佐之助が悔しそうな顔で、なにがあったか説明する。

「そうか、それは惜しいことをしたな」

「本当に惜しかった。小判を撒いていたあの男を捕らえていれば、今頃、一味全員を捕らえられていたかもしれぬ。俺はもう二度としくじらぬ」

佐之助が強い思いを露わにしたとき、のそのそと男が姿をあらわした。

「おっ、米田屋《よねだや》ではないか」

一転、佐之助が表情を緩めた。

「きさまは顔色がよいな。つやつやしているではないか」

「倉田も息災《そくさい》そうでなによりだ。といっても、少し顔色が悪いな」

琢《たく》ノ介《すけ》に会うのはいつ以来だろう、と直之進は思った。今は米田屋を名乗っているが、もともとは武家で、北国の大名家に勘定方として仕えていた。それが五年以上も前に主家を致仕《ちし》して江戸に来た。口入屋《くちいれや》米田屋の先代光右衛《みつえ》門《もん》の娘のおあきを娶《めと》ったあと、光右衛門がこの世を去って店を継いだ。

商売上手だった光右衛門よりも、琢ノ介のほうがさらに上をいくと直之進は思っている。琢ノ介は明らかに商才に長《た》けていた。隣家を買い取り、店も広げた。今は家人だけで店を切り盛りしているが、いずれ奉公人を雇い入れるのではないか。そうしなければ、琢ノ介の体がもたなくなってしまう。琢ノ介は直之進と同い年である。

「琢ノ介、久しぶりだな」

笑みを浮かべて直之進は声をかけた。

「直之進。おぬしも元気がないように見えるぞ。おぬしらのことだ、市中の見廻りに出て深夜まで町をうろついておるのであろう。わしらはもう歳ゆえ、あまり無理をせんほうがよいぞ。下手すると、倒れてそれっきりということもあり得るからな」

確かにその通りだ、と直之進は思った。無理は体を少しずつむしばんでいく。

そして、いつかそれが一気に出るのだろう。沼里家中でも、若くして急死する者が年に一人は必ずいた。

「よく眠るのが一番らしい」

確信のある声で琢ノ介が口にする。

「毎日毎日、四刻の睡眠を取るのが、健《すこ》やかさと長寿を保つ秘訣だそうだ。うちの近所のじいさんがそういっておった」

「四刻も眠るのは、なかなかきついな」

顔をしかめて佐之助が首を傾げる。

「倉田、泣き言をいうな。妻と子のために長生きしたかったら、四刻、しっかりと眠ることだ」

「ああ。できるだけやってみよう」

苦笑まじりに佐之助が答える。

「俺も試してみることにする」

すでに直之進はその気になっていた。実際、眠るのは子供の頃から大好きなのだ。長く寝ても、まったく苦にならない。

「なにしろ眠りが足りぬと、明くる日は本当にきついゆえな。それは、やはり体に無理を強いているからだろう。それで琢ノ介、今日はどうした。なにか用があって来たのであろう」

「ああ、そうだ」

琢ノ介が両の手のひらを打ち合わせた。

「わしはおぬしらに、仕事の話をしに来たのだ。倉田か直之進のどちらかでよいのだが、さる商家の用心棒をしてくれぬか」

「それは、もしや猿の儀介への用心のためか」

間髪を容れずに佐之助がきいた。

「その通りだ。頼んできた商家と大した付き合いはないのだが、猿の儀介の跳梁ぶりをひどく恐れていてな。わしに、腕利きの用心棒をよこしてくれと頼み込んできたのだ」

「その商家に頼まれたのは、いつのことだ」

「昨日の夕刻だ。外回りからわしが戻ったら、番頭が店に来ておった」

「昨日の夕刻なら、加藤屋のことを知って、あわてて頼んだわけではないな」

「加藤屋だって……」

屋号を聞いて少し驚いたようで、琢ノ介が眉を上げる。

「それは、本郷一丁目にある油問屋の加藤屋のことか。倉田、あの店がどうかしたのか」

「昨夜、猿の儀介に襲われた。あるじが殺されたぞ」

「なにっ、殺されただと」

あまりに驚きが強かったようで、琢ノ介がのけぞる。

「猿の儀介が、ついに本性を見せたのだ」

「そ、そうだったか。あの店のあるじが殺されてしまったか……。裏で阿漕な真似をしていて、評判は惨憺《さんたん》たるものだったが、もうこの世にいないとなると、さすがに哀れではあるな」

すぐに顔を上げ、琢ノ介が直之進と佐之助を交互に見る。

「殺されてしまった加藤屋のあるじには悪いが、わしに頼んできた商家はぎりぎり間に合ったのだな。おぬしらのどちらかに今夜から詰めてもらえば、猿の儀介がやってきたとしても、心安らかでいられる」

「米田屋。用心棒を頼んできたのはなんという店だ。もしや岩田屋ではないだろうな」

佐之助がきくと、琢ノ介が首を縦に振った。

「その通りだ。よくわかるな。ははあ、倉田は読売を読んだな。それなら話が早い」

すぐに琢ノ介が仕事の説明をはじめた。

「岩田屋というのは上野北大門町《うえのきただいもんちょう》にある米問屋だ。読売では、西の大関に挙げられていたな。それで倉田、直之進。どちらでもよいのだが、名乗りを上げてくれんか」

「俺は遠慮しておく」

即座に佐之助がかぶりを振った。

「いつ忍び込んでくるかわからぬ盗賊を、俺は待つ気はない。追いかけるほうが性に合っておる。俺は、猿の儀介の居場所を見つけ出してやる」

「倉田の考えはわかった。それで、直之進のほうはどうだ」

琢ノ介が直之進に目を向ける。

「倉田がやらぬというのなら、俺がやるしかあるまい」

決意を露わに答えると、そうか、と琢ノ介が喜色を浮かべた。

「直之進、引き受けてくれるか。ありがたし」

うれしさを噛み締めるように、琢ノ介が大きくうなずいた。

「直之進、今から岩田屋に行けるか。そのまま泊まり込むことになるだろうが」

「……」

「ならば、まず館長の許しを得なければならぬ。館長に無断で他の仕事をするわけにはいかぬからな」

炊き出しの手伝いに行くという佐之助と別れ、直之進は琢ノ介と一緒に佐賀大《だい》左衛門《ざえもん》の仮の住処へ向かった。

以前、大左衛門が暮らしていた屋敷も、昨年末の大火で焼けてしまった。いま大左衛門は秀士館の敷地の隅に掘っ立て小屋も同然の建物を建て、そこで日々を過ごしている。

新たな屋敷ができるまで、どこか知り合いの屋敷か懇意にしている寺にでも移るよう直之進や佐之助は勧めているが、耳を貸そうとしない。もうじき屋敷ができますので大丈夫です、と言い張っている。

訪いを入れると、四畳半一間しかない狭い小屋の中で大左衛門は書見をしていた。粗末な造りのために隙間風《すきまかぜ》も入り放題だ。これでは、明け方など震え上がるほど寒いのではないか。火鉢があっても、ほとんど外で眠るのも同然だろう。

しかし当人は、この掘っ立て小屋をことのほか気に入っているようだ。粋人《すいじん》といわれる人の心持ちは、正直、凡人にはよくわからない。

「おう、湯瀬師範代。一緒にいらっしゃるのは、米田屋さんではありませぬか。久しぶりでございますな」

「佐賀館長。ご無沙汰してしまい、まことに申し訳ございません」

進み出て、琢ノ介がぺこりと頭を下げた。

「いえ、そのようなことはよいのですよ。ですが、二人おそろいとはなかなか珍しいですな。なにかございましたか。ああ、どうぞ、そちらにおかけください」

その言葉に甘え、直之進は濡縁《ぬれえん》に腰を下ろした。琢ノ介は立ったままだ。

大左衛門に顔を向けて、直之進はさっそく用件を告げた。

「実はこちらの米田屋が、商家の用心棒仕事を持ってまいりました。それがしは引き受けたいと考えているのですが、館長、よろしいでしょうか。しばらく秀士館を休むことになりましょう」

「ほう、用心棒ですか。以前の湯瀬師範代のお仕事ですな」

興を引かれたらしく、大左衛門がわずかに身を乗り出し、言葉を続ける。

「道場の再建もいまだならず、師範の川藤《かわとう》どのや湯瀬師範代、倉田師範代、荒俣《あらまた》師範代の無聊《ぶりよう》を慰《なぐさ》める術《すべ》もなく、手前はまことに申し訳なく思っております。

ところで、こたびの用心棒はなにに対する備えでござるか」

「いま猿の儀介という盗賊が江戸の町を騒がせているのを、館長はご存じですか」

「存じておりますよ。なんでも、義賊と崇められているそうですね。なるほど、その猿の儀介に備えるためでござるか。もし猿の儀介がその商家にやってきたら、湯瀬師範代、容赦なく捕らえてくだされ」

大左衛門の力強い言葉を聞いて、直之進はありがたしと思った。大左衛門は用心棒をつとめることを承諾してくれたのだ。

――今の口ぶりでは、館長も猿の儀介を、江戸を荒らしているだけの盗人と見なしておられるようだな。

「承知いたしました。必ず捕まえます」

決意のほどを述べて大左衛門の前を辞した直之進は、琢ノ介を連れて家に戻った。すぐに帰ってきた直之進を見て、おきくが目をみはる。どうされました、ときく。

「さる商家で用心棒をつとめることになるやもしれぬ」

直之進は、いきさつをおきくに語った。この話が決まれば直之進は家をしばらく空けなくてはならなくなることに、琢ノ介がひどく恐縮する。

久しぶりに義理の兄の琢ノ介に会えたのがうれしいのか、おきくが穏やかな笑みを見せた。背中で眠る直太郎をしょい直す。

「義兄《にい》さん、どうか、気にしないでください。私と直太郎は大丈夫ですから。慣れたものですよ」

確かに直之進は、家を空けることが少なくない。寂しい思いをさせているのはまちがいない。もっと一緒にいてやりたいが、と直之進は思った。

数日分の着替えをおきくに用意してもらい、琢ノ介とともに米問屋の岩田屋を目指した。

歩きながら琢ノ介が岩田屋のことを語る。

「せっかく引き受けてもらったあとでこんなことをいうのは申しわけないが、恵三という岩田屋のあるじはかなり癖がある人物だ。用心棒をつとめている最中、不愉快な思いをするかもしれんが、直之進、そのあたりはこらえてくれんか」

「わかっている」

琢ノ介を見て直之進は深くうなずいた。

「これまで数え切れないほど用心棒をしてきたが、居心地がよいところなど、数

えるほどしかなかった。この世にはいろいろな人がいて、さまざまな考え方があ
る。そのことは沼里にいた時分から感じていたが、特に江戸に来てから強く思う
ようになった」
「なにしろ、生き馬の目を抜くといわれる町だからな。江戸はまったく油断がな
らん」
　琢ノ介が鼻の穴を膨らませる。
「琢ノ介は故郷に戻りたいか」
「戻りたくない」
　琢ノ介が即答した。
「一度も考えたことはない。わしはこの町が大好きだ。いやなことも多いが、気
持ちが高ぶることのほうがはるかに多い。いやなこともすべてひっくるめて、わ
しはこの町を気に入っている」
「俺も故郷のことは気になるが、またあの町で暮らそうという気には、今のとこ
ろならぬ。遠い将来はどうかわからぬが、琢ノ介と同じで、どんなにいやなこと
があろうと、江戸を離れようとは思わぬ」
「そうだよな。江戸は人を惹きつけてやまぬなにかがあるな」

「うむ、まことその通りだ」

ところで直之進、と琢ノ介が口調を少しかたくして呼びかけてきた。

「岩田屋のあるじは、用心棒代を値切ってくるかもしれん。直之進、そのあたりの掛け合いは、わしに任せてくれるか」

「もちろんだ。おぬしに任せておけば、まちがいない」

直之進は快諾した。大勢の者が行きかう道を、二人は急ぎ足に歩いた。四半刻ほどで上野北大門町の岩田屋に着いた。両側と背後の三面には、忍び返しがついた高い塀が巡っているようだ。猿の儀介にどのくらいの効き目があるのか、直之進にはわからなかった。

奉公人の案内で、琢ノ介とともに客間に通される。すぐに、あるじの恵三が顔を見せた。悪評が高いだけあって、人相がよいとはいえない。

——この男があるじをしている店なら、読売に書いてあったことは、まず事実だろう。猿の儀介に狙われても、なんらおかしくない。いや、必ずやってくるな。

すでに直之進は確信を抱いている。

「そちらの若いお方が、用心棒をしてくださるお方ですね」

恵三が、鈍い光をたたえた目で直之進を見つめる。

「さようです。若く見えますが、腕は確かです。それに、実は手前と同い年ですよ」

「えっ、まことでございますか。こういってはなんですが、米田屋さんはちと老けておられますなあ」

「はあ、貫禄《かんろく》があるとはよくいわれます……」

おもしろくなさそうな顔つきの琢ノ介の紹介を受け、直之進は名乗った。

居住まいを正して恵三が名乗り返す。

「それで用心棒代ですが」

これが最も大事なことなのだろう。琢ノ介がすかさず交渉をはじめた。

「岩田屋さんにはこの前、お話ししましたが、一日一分ということでよろしいですね」

伺いを立てるような口調ではあるが、琢ノ介の表情には有無をいわせぬ迫力があった。ずいぶん場数を踏んできたのだな、と直之進は感心した。

片眉を下げ、恵三が渋い顔つきになった。

「米田屋さんもご存じの通り、富士山の噴火のせいで、米問屋はどこもかしこもひどく台所が苦しくなっておるのですよ。それでご相談なんですが、用心棒代は一日一朱ということで、なんとかなりませんか」

これはまた思い切った値切り方をしてきたものだ、と直之進は瞠目しかけた。なにしろ半値どころではないのだ。用心棒代を四分の一にしろといったのである。この厚かましさこそが、悪名高い大店の主人たり得る所以《ゆえん》なのではないか。

「いえ、それはできません」

小さく手を振って琢ノ介がはっきりと断る。だが、恵三は引き下がらなかった。

「昨年末の大火事で、秀士館は大方が焼けてしまったそうではありませんか」

よくそこまで知っておるな、と直之進は少し驚いた。つまり恵三は、生計の手段を失っているとおぼしき直之進の足元を見て、安値で仕事を請け負わせようと考えたにちがいない。

「岩田屋さん。年末の火事と今回の用心棒の件はなんの関わりもありませんよ」

琢ノ介は興醒《きょうざ》めしたような顔をしている。

「この湯瀬直之進さまは窮乏などしておりませんよ。千代田城に住まう将軍さまから大金を下賜《かし》されていますし」

「えっ、将軍さまから大金を……」

信じられないという顔で、恵三がまじまじと直之進を見る。

「岩田屋さんがどうしても値引きをしろとおっしゃるのなら、この一件はなかったことにいたしましょう。ではこれで失礼させていただきます」

憤然として琢ノ介が立ち上がった。恵三が、えっ、と意外そうな声を漏らし、琢ノ介を見上げる。

「米田屋さん、少々お待ちを。なんとかこちらの内証《ないしょ》の苦しさをくんではいただけませんか」

「それはできません」

恵三の言を琢ノ介は一顧《いっこ》だにしなかった。

「この湯瀬直之進というお方は、用心棒として江戸でも一、二を争う腕前を誇っています。別に安値で雇っていただかずとも、引く手あまたなのですよ。うちとしては、湯瀬さまを安売りする気は一切ありません」

それにしても、と直之進はあきれた。この恵三という男の吝嗇《りんしょく》ぶりはすさまじい。江戸でも屈指の米問屋で、裏では阿漕なこともして相当儲けているはずなのに、払うことに関しては一文でも惜しいと考えるたちのようだ。

――猿の儀介の一味が、この強欲そうなあるじを見逃すはずがないな。まちがいなくこの店に押し入ってくる。

それゆえ、なんとしても直之進はこの店の用心棒をつとめたかった。ここにいれば、必ず猿の儀介を捕らえることができるからだ。

だが直之進は、琢ノ介の判断に従うつもりでいる。無理に用心棒をつとめようという気はない。

――もっとも、まず破談にはなるまいよ。琢ノ介もそれはわかっているはずだ。けっこうな狸《たぬき》だからな……。

「帰りましょう」

直之進に立つように琢ノ介が促す。わかった、と答えて直之進は立ち上がった。琢ノ介が襖の引き手に手をかける。

「お待ちください」

恵三があわてて引き止める。

「わかりました。お約束通りの代金をお支払いいたします。ですので、どうか、手前どもを見捨てないでくださいませ」

すがるような眼差しをした恵三が琢ノ介に泣きついた。哀れむような眼差しで琢ノ介が、わかりました、といった。

「まことにお約束通りの代金をお支払いいただけるのですね」

「もちろんです」

軽く息をついて琢ノ介が元の位置に座る。直之進もそれに倣《なら》った。

恵三を見つめて琢ノ介が語る。

「もし猿の儀介に忍び込まれたら、用心棒代とは比べものにならないほどの大金を盗まれることになりましょう。もしかすると、金だけでなく、命も失うかもしれません」

「えっ、命もですか……」

さすがにそれはないのではないか、と恵三はいいたげだ。ああ、と合点のいったような声を琢ノ介が上げる。

「岩田屋さんはご存じないのですね」

「なにをでしょう」

もったいをつけるように琢ノ介が少し間を置いた。

「本郷の加藤屋さんが昨夜、猿の儀介に殺されたことです」

「ええっ、なんですと」

まなじりを裂くように、恵三が目を見開く。

「では昨晩、猿の儀介が加藤屋さんに忍び入ったのですか。それでご主人を手にかけたのですか」

「さようです」

琢ノ介が重々しいうなずきを見せる。

「斬り殺されたと聞いています」

「さようですか」

考え込むように下を向いた恵三が面を上げ、琢ノ介を見る。

「昨夜起きたのにもかかわらず、加藤屋さんのことを米田屋さんはもうご存じなのですか」

ええ、と琢ノ介が顎を引く。

「手前には、いろいろと伝《つて》がありまして」

琢ノ介がしらっとした顔で告げた。

「それはうらやましい。さすがは遣り手と評判の米田屋さんだ。あの光右衛門さんの跡を継いだだけのことはありますな」

「畏れ入ります。あの、岩田屋さん。正式に証文を取りかわしたいと思います」

懐から一枚の紙を取り出し、琢ノ介がそれを畳に置いた。米田屋を出る前に書いておいたのだろう。さすがに手際がよいものだ、と直之進は感心した。

「中身にまちがいなければ、こちらに判と署名をお願いいたします」

証文を手に取り、恵三がじっと見る。

「用心棒代を値切るなど、手前はまことに愚かなことをいたしました。最初のお約束通り、一日一分、きっちりとお支払いいたします」

琢ノ介に口銭《こうせん》を渡さなければならないからすべての報酬が直之進の懐に入ることにはならないが、助かるな、と心から思った。

直之進は心中で琢ノ介に感謝した。

「では湯瀬さま。本日から、どうか、よろしくお願いします」

畳に両手をつき、恵三がこうべを垂れる。

「こちらこそよろしく頼む。給金分の仕事は必ずしてみせる」

「我らの身代《しんだい》をどうか、お守りください」

「ああ、岩田屋さん」

琢ノ介が声を投げた。

「湯瀬さまの食事ですが、こちらで出してもらえるのでしょうな」

「もちろんです。おいしい物を、たくさん召し上がっていただきます。どうか。ご安心ください」

「ありがとうございます。よろしくお願いいたします」

気持ちを入れ替えたように、琢ノ介が深々と頭を下げる。

直之進は、猿の儀介が捕まるまで、岩田屋に泊まり込むことになった。

三

人を殺したが、角之介に悔いはない。むしろ、よくやったと自分を褒《ほ》めたいくらいだ。

加藤屋順之助は、端《はな》から死すべき男だったのだから。

無人の原っぱを一陣の風が吹き抜けていく。その風がおさまるのを見計らって角之介は姿勢を低くし、手にした竹刀をさっと横に払った。冬枯れの草が何本もちぎれて飛んだ。

――やつはこの枯草も同然、この世でなんの値打ちもない男だった。

竹刀を手元に引き、角之介は正眼《せいがん》に構えた。ふっと息をつくや、竹刀を下から振り上げていった。刀尖《とうせん》が、妙に明るい天を突く。角之介は竹刀を戻し、だらりと下げた。

加藤屋の前に忍び込んだ三軒の商家では、角之介たちは眠りに就いているあるじを起こしはしなかった。密かに鍵のありかを探し出して金蔵を開け、二千両を手にして店をあとにしたのだ。三軒の商家の家人や奉公人で、角之介たちに気づいた者は一人もいなかったはずだ。

だが、加藤屋ではそうしなかった。忍び込むや順之助を起こし、金蔵の鍵のありかを吐かせたのだ。

――なにゆえあのような真似をしたのか。

決まっている。加藤屋順之助をこの世から除くためだ。

あの男は、江戸の庶民にとって害悪でしかなかった。いないほうが世の中のためになる。あの世に送ってしまえば、救われる者が大勢出てくる。

加藤屋から金を盗むことが儀介との話し合いで決まったとき、角之介はどうすれば順之助を始末できるか、一心に考えた。

いくら悪人とはいえ、眠っているところをいきなり刺し殺す気にはさすがになれなかった。人殺しを決して許さない兄の前で、そのようなことができるはずもない。

順之助は、うらみを抱いて襲ってきた者を匕首で返り討ちにするような男だ。その順之助の目の前で金を奪えば、必ず歯向かってくると思ったのだ。

それまでの三軒では、金蔵の鍵がどこにあるのか探すのに少々手間取った。加藤屋に忍び込む前、今宵はあるじを起こして鍵のありかを吐かせましょう、と角之介は提案した。

それがよかろう、と疑う様子など一切見せずに儀介が同意した。さらに、金を奪って加藤屋から逃げる際、町奉行所に通報されぬよう順之助の女房を人質に取るという段取りも、事前の約束事だった。

実際に女房を連れ去ろうとした儀介に、匕首を手にした順之助が突っ込もうとしたのを目の当たりにして、ついに機会が巡ってきたのを角之介は覚った。

初めての人斬りではあったが、ためらうことなく脇差を振り下ろした。人を斬ったという手応えらしきものはなかったが、うまくやれたとの思いが胸中に残った。

順之助が廊下に倒れ伏し、背中からおびただしい血を流しはじめた直後、手がぶるぶると震えたのは意外だったが、成し遂げたという思いが体をわななかせたのだと、今となっては思っている。

次の的《まと》としている岩田屋も、あるじの恵三は悪行の限りをつくす者として、悪評ふんぷんである。順之助と同じように殺したほうがよいのだろうか、と角之介は自問した。

――恵三もこの世の害でしかない。

同じ害悪として順之助をあの世に送り込んだのだ。恵三を生かしておくのは道理に外れている。

殺るしかない、と角之介は決意した。一人殺すも二人殺すも、さしたる変わりはなかろう。

――人々やこの世に仇《あだ》なす者は、ぐずぐずせずに除いてしまったほうがよいのだ。それを飽かずに繰り返していけば、誰もが生きやすい世の中がきっとやってこよう。

角之介自身、商家の者にひどい目に遭わされたことは一度もないが、御家はこれまでに何度か煮え湯を飲まされたと聞いている。悪事に手を染める輩《やから》は、窮状につけ込んで甘い汁をすするのが実に巧みなのだ。

――私欲のために生きている者などは、すべて死に絶えるべきだ。

腹に力を入れて角之介は竹刀を振り下ろした。竹刀を引くと、原っぱの縁に人影が立った。竹刀袋を肩に担いでいる。儀介である。

ずいぶん遅かったな、と角之介は思った。

——兄上は、俺がわざと加藤屋を殺したことに気づいているだろうか。いや、気づいておられるはずはない。

「兄上」

数歩近づき、角之介は声をかけた。

「済まぬ、待たせた」

原っぱの真ん中まで歩いてきて足を止め、儀介が頭を下げる。そこに立っているのは、普段と変わらぬ兄だった。

「なにかありましたか」

気にかかって角之介は問うた。

「いや、なにもない。今日は思いのほか暖かく、昼餉のあと、ついうたたねをしてしまった」

今は昼の八つになったばかりだが、昨日までの寒さはどこへやら、日射しには春を思わせる心地よさがあった。これで富士山の噴火がおさまれば万々歳なのだが、それがいつなのかは誰にもわからない。

「兄上、もしやお疲れですか」

儀介の顔をのぞき込むようにして、角之介はきいた。昨晩の疲れが、今も残っているのではあるまいか。

「ないさ。一眠りしたら、すっきりした」

実際、儀介の顔色は悪くない。

「では、やりますか」

竹刀を軽く振って角之介はいざなった。

「よし、やろう」

竹刀袋を開け、儀介が中から竹刀を取り出す。枯草の上に竹刀袋を置き、背筋を伸ばして竹刀を正眼に構える。

角之介は八双《はっそう》の構えを取った。

二人きりの原っぱに、音を立てて風が吹き込んできた。それに背中を押されたように、角之介はすり足で前に進んだ。

儀介を間合に入れたところで、えいっ、と気合をかけて竹刀を横に払った。負けずに儀介が打ち返してくる。

がつっ、という鈍い音と同時に強い衝撃が手に伝わった。だが、それは儀介も同じだろう。

角之介は握り直した竹刀を上段に持っていき、存分に振り下ろした。それを儀介が弾き返したが、角之介の斬撃があまりに強かったためか、腰がわずかに落ちた。枯草を踏んだ左足が後ろに滑る。

体勢が崩れ、儀介の右脇腹に大きな隙ができた。そこを狙って、角之介は竹刀を胴に持っていった。

素早く体勢を立て直した儀介が、角之介の竹刀を上から、がしんと叩き、さらに面を狙ってきた。

真上から叩かれて地面につきそうになった竹刀をさっと持ち上げた角之介は、儀介の斬撃をがっちりと受け止めた。鍔迫《つばぜ》り合《あ》いになる前に儀介をいなすように横へと動き、逆胴《ぎゃくどう》を鋭く繰り出す。

儀介はたたらを踏みかけたものの、素早く体勢を立て直した。角之介の斬撃を打ち返し、上段から竹刀を落としてくる。

その斬撃をよけるや、角之介は間髪を容れずに下段からの逆袈裟《ぎゃくげさ》を見舞っていった。その斬撃が見えにくかったのか、体を揺らしたものの儀介がよけ損ねた。

刀尖が儀介の顎をかすめていく。かすかな手応えが角之介に伝わってきた。

この程度では一本にならないが、儀介の顔色が一瞬で変わった。憤怒の思いを露わに、突っ込んでくる。

猪《いのしし》をかわすように左に動いて、角之介は儀介の胴に向けて竹刀を払った。後ろに飛びすさった儀介が、足を引きながら角之介の面を打とうとした。

だが再び枯草に足を取られたらしく、かすかによろめいた。そのせいで斬撃から速さが失われた。

儀介の竹刀をあっさりとよけるや、角之介は突進し、儀介の胸に狙いを定めて竹刀を突き出していった。

だが、それは儀介の仕掛けた罠だった。角之介の突きを、儀介が体を開くことでかわしてみせたのだ。

角之介の横に回り、小さな動きで横面を狙ってきた。儀介は、やったと思ったはずだ。

だが、その動きを角之介は事前に読んでいた。足を使って、ひらりと儀介の斬撃をよける。儀介の姿は目に入っていなかったが、どこにいるのか、角之介は気配でわかっていた。

さっと顔を向けると、角之介の目に竹刀を振り下ろしたばかりの儀介が映った。姿勢を低くした角之介は、儀介の胴に向けて竹刀を振った。

それに気づいて、あっ、と儀介が声を上げる。そのときには角之介の竹刀は、儀介の脇腹に吸い込まれていた。

うぅ、とうめきのような声を発して儀介の体が強張る。実際には腹に当たる寸前で、竹刀をぴたりと止めていた。

「一本」

自ら宣《せん》して角之介は儀介に笑いかけた。角之介の顔を見て、ふう、と儀介が喉の奥で詰まっていたらしい息を漏らした。竹刀を引き戻し、冷や汗を手でぬぐう。

「まいった。角之介、また一段と腕を上げたようだな」

「さようでしょうか」

「剣も鋭さを増してきたが、足さばきがとにかく速くなった。俺の必殺の竹刀をよけたときの動きは、まさに目にもとまらなかった。角之介がどこに消えたのか、俺にはまったくわからなかった」

「足さばきは特に鍛えてきました。兄上に褒められて、とてもうれしく思います」

「角之介なら、さらに上達しような。今も手がつけられぬ強さだが、そのうち敵する者など、この江戸で一人もいなくなるのではないか」

「いえ、それはありませぬ」

謙遜ではなく角之介は首を横に振った。

「江戸は途轍《とてつ》もなく広うございます。それがしがどんなに強くなろうと、それ以上の強さを誇る者はいくらでもおりましょう」

「それでも、いつかは角之介が江都一の剣士になるのは疑いようがあるまい。角之介にはそれだけの素質がある。俺は信じておるぞ」

「そうなれるよう、これからも精進《しょうじん》いたします」

「その意気だ」

歩み寄ってきた儀介が、笑顔で角之介の肩を叩く。

角之介は儀介とともに原っぱをあとにした。

剣術に関しては、角之介のほうが儀介よりも強い。むろん、最初から角之介の実力が上だったわけではない。儀介に何度も叩きのめされ、その悔しさを糧《かて》に必死に稽古に励み、徐々に強くなっていったのだ。

本所松倉町の下屋敷に戻ると、邸内はどこか物々しかった。明らかに屋敷にいる者が増えている。

乗物が玄関につけられていた。あれは、と角之介はじっと見た。これまでに何度も目にした乗物である。

「お帰りなさいませ」

下屋敷づきの用人の田《た》ノ上陸作《うえりくさく》が角之介たちを出迎えた。

「殿がおいでになっています」

「兄上が……」

下屋敷にやってきたのは、儀介と角之介の兄、高山下野守《しもつけのかみ》恒明《つねあき》である。仮名《けみよう》は堂之介《どうのすけ》という。

「兄上はいつお越しになられた」

角之介は陸作にきいた。

「八つを少し過ぎた頃でございます」

ならば、堂之介は儀介と入れちがうように下屋敷にやってきたのだろう。

「殿がお二人をお待ちでございます」

「まことか」

儀介が自らの着衣を気にした。

「すぐにでもお目にかかりたいが、我らは剣の稽古をしてきたばかりで汗臭い。早く水浴びをせんとな」

「えっ、今から水浴びをなさいますか」

驚いたように陸作が問うた。

「そうだ。今日は暖かいし、水もさほど冷たくはあるまい」

「そうかもしれませぬが……」

「構わぬ。田ノ上、井戸に我らの手ぬぐいと着替えを持ってきてくれぬか」

「承知いたしました」

角之介と儀介は庭の右手にある井戸に向かい、そこで下帯一枚になった。井戸水はさすがに冷たかったが、真冬ほどではない。体がすっきりして、むしろ角之介は気持ちよさすら覚えた。

陸作が持ってきてくれた手ぬぐいで体を拭き、新しい着物に着替えて、角之介は儀介とともに主殿に上がった。対面の間に入り、堂之介の前に端座する。

「おう、待ちかねたぞ」

満面の笑みを浮かべ、堂之介が脇息から体を起こした。

「久しいな。二人とも息災でなによりだ」

「兄上もお元気そうで、それがしはうれしく思います」

うやうやしく儀介が答えた。確かにその通りだ、と角之介は思った。

――兄上の顔色はつやつやしている。なんといっても、まだ二十七歳だ。それも当然であろう。

「兄上が本所にお越しになられるなど珍しゅうございますな。なにかございましたか」

畳に手をついて儀介がたずねた。

「なに、息抜きだ」

朗《ほが》らかな口調で堂之介が答えた。

「二人の顔を見たくなってな、急に思い立ったのだ。我らは、もともと犬の子のようにじゃれ合って育った。それなのに、余が跡を継いだ途端、二人ともなかなか上屋敷に顔を出さなくなってしもうた。それが寂しゅうての。余のほうからこうして足を運んだというわけだ」

「それはまことに申し訳ないことをいたしました。別になにがあったというわけではありませぬが、なんとなく足が遠のいてしまいました」

「なに、謝らずともよい。そなたらの気持ちはわからぬでもないのだ。父上の跡を継いだことで、余が遠く感じられるようになったのであろう」

「畏れ入ります」

「だが、余は前と変わらぬ。気楽に顔を出してくれればよいのだ。だが、まあ、なかなかそうはいかぬであろうがな……」

快活に笑ってみせたが、そのとき堂之介の頬のあたりを翳《かげ》がよぎっていったのを、角之介は見逃さなかった。むっ、と我知らず声が漏れる。

「どうした、角之介」

角之介の声を聞きとがめたらしく、堂之介が怪訝《けげん》そうにきいてきた。

「あの、兄上。伺ってもよろしいでしょうか」

「なにかな。なんなりと申すがよい」

堂之介が泰然とした態度を見せる。

「今日はどこかにお出かけでしたか」

「千代田城に出向いておった」

「千代田城でなにかあったのではございませんか」

うん、とつぶやいて堂之介が首を傾げる。

「角之介。余に、なにかあったように見えるのか」

「はい、そのような気がいたしました」

「相変わらずそなたは鋭いな」

角之介と儀介を見やって堂之介が苦笑する。

「昔から敏《さと》かったが……。今日、余はご老中に呼ばれ、お目にかかってきたのだ。気疲れしたのであろう」

一瞬、疲労の色が堂之介の面に色濃くあらわれた。いや、疲労ではなく、気がかりの色だろうか。

「ご老中とは、どのようなお話をされたのでございますか」

たたみかけるように角之介はきいた。またしても翳が堂之介の頬を横切っていった。

「別に、そなたが案ずるようなことではない。政《まつりごと》に関する話よ」

「政というと、我が領内に関することをご老中にきかれたのでございますか」

「いや、そのようなことではない」

にこりとして堂之介が否定する。

「では、今の公儀の政について、意見でも求められたのでございますか」

「ご老中が、まだ青二才の余にそのようなことをきいてくるわけがない。――角之介」

穏やかな声で呼びかけて、堂之介が続ける。

「余はご老中とのことを話すために、そなたらに会いに来たわけではないぞ。もっと楽しい話をしようではないか」

角之介は、はぐらかされたような気がしたが、堂之介に逆らうことなどできない。

「承知いたしました」

かしこまった角之介は低頭した。儀介もこうべを垂れる。

「では兄上、どのようなお話をいたしましょうか」

儀介が問うと、うむ、と堂之介が楽しげにうなずいた。

「我らはよく連れ立って、上屋敷近くの水路で釣りをしたのう。両名とも覚えておるか」

「はい、よく覚えております」

角之介と儀介は声を合わせた。

「あの水路は大きな鯉《こい》が釣れると評判の穴場だったが、一度、角之介が水路に落ちて溺れかけたことがあった。覚えておるか」

「もちろんでございます」

「あのとき角之介はいくつであった」

目を角之介に向け、堂之介がたずねてくる。

「七つぐらいではなかったかと……」

「だいぶ小さかったな」

「はっ。今も背は大きいとはいえませぬが」

「あのとき余は大いにあわてた。助け出そうとしたが、その要はなかった。角之介はほとんど溺れることなく、いつのまにかすいすいと泳いでおった」

はっ、と角之介は背筋を伸ばした。

「あの頃、泳ぎは習っていましたが、それがしはろくに上達しませんでした。水路に落ちたときはびっくりして、必死に水をかいていると、いつしか泳げておりました」

「我らも驚いた。どうすることもできず、近くにいた大人を呼んだりしたが……。そなたは難なく水路を泳いで、すぐ近くの橋脚につかまった。人というのは、いざとなればすごい力を発揮するものだと、余は心底、感心した」

「命が懸かると、思いも寄らぬ力が出るものなのでございましょう」

「木登りをしても、そなたら二人は猿のように素早く、身軽だった。それなのに、なにゆえ角之介は泳ぎができぬのか、余は不思議でならなかった。だが結局のところ、水路に落ちたおかげで、見事に泳ぎを物にしたのう」

いかにも懐かしそうに堂之介が目を細める。

「はっ。あれからは、むしろ泳ぎが得手《えて》になりました」

「それは重畳《ちょうじょう》」

その後、いくつかの思い出話をしたのち、堂之介は上機嫌で上屋敷へ戻っていった。

だが、どこか様子がおかしかった。一瞬に過ぎなかったが、堂之介は思い詰めたような表情を見せたこともあったのだ。

——なにか覚悟を決めたようなお顔にも見えたが……。

あれは、いったいなんだったのか。老中に呼ばれたことが無関係であるはずがない。

だからといって、角之介にできることはなにもない。堂之介がこの家の当主である。今はその判断にすべてを任せるしかなかった。

四

夕食の刻限になり、直之進のもとに膳と櫃《ひつ》が運ばれてきた。

――これは……。

膳の上に並んだ食器を眺めて、直之進は声を出しそうになった。白飯が盛られた飯茶碗に、たくあんの切れ端がのった小皿、あとは透き通るように薄い味噌汁の椀があるだけだ。

味噌汁には、緑色の具がわずかに入っていた。その正体を見極めようと、直之進はじっとのぞき込んだ。どうやら大根の葉のようだ。

――琢ノ介には、おいしい物をたくさん召し上がっていただきますといっていたが……。

端から大して期待はしていなかったし、食事に関してけちはつけたくなかったが、思っていた以上のつましさに、落胆せざるを得なかった。

岩田屋の奉公人は、いつもこんな食事をとっているのだろうか。だとしたら、仕事をしていても、やる気も力も湧いてこないのではあるまいか。

商家の食事は質素だとよく聞くが、よそもこれと同じようなものだろうか。

いや、もっとましのような気がする。恵三という男は、自分以外の者のために余計な金を使いたくないのだろう。

金には、無駄金と使う価値のある金の二種があることを知らないのか。他者のために使う金は、すべて無駄金と恵三は思っているにちがいない。

不意に、ぐー、と腹の虫が鳴った。空腹なのはまちがいないのだ。今のうちに腹を満たしておかねば、このあとの仕事に障《さわ》る。

膳に置かれた箸を取り、直之進はまず味噌汁をすすった。ろくにだしも利いておらず、お湯に申し訳程度の味噌を溶かした感じだ。

椀を膳に置き、飯を口に入れた。おや、と声が出た。

飯はなかなかうまかった。けっこう甘みが強い。さすがに米問屋だけのことはある。

たくあんに箸を伸ばす。すぐに顔をしかめた。塩が利きすぎているせいか、かなりしょっぱい。こんなに塩気の強いたくあんは初めて食べた。

――だがこれなら、ただの一切れで飯の一杯はたやすくいけるな。

櫃の蓋《ふた》を取ってみると、中には米がたっぷりと入っていた。このたくあんがあれば、食べ切るのはさして難しくはなかったが、直之進は二杯でやめておいた。もともと、そんなに食べるつもりはない。食べすぎると体が重くなり、眠くなってしまう。それでは、いざというとき役に立たない。

白湯《さゆ》の如きぬるい茶を喫《きっ》していると、失礼いたします、と襖が開き、あるじの恵三が姿を見せた。直之進の前に端座する。

恵三は相変わらず卑《いや》しい顔つきをしていた。やはりこれまでの生き方が表情に出るものだと直之進は実感した。

――正しい行いをするよう、常に心がけねばならぬ。さもなければ、下品な顔になってしまうぞ。

「湯瀬さま、食事はいかがでございましたか」

本気できいているのか、と直之進は思った。

「特にたくあんは、うちで漬けさせたものですから、おいしかったのではありませんか」

いかにも自慢げな口ぶりだ。

「いや、俺にはしょっぱすぎたな」

直之進は率直に告げた。

「えっ、あれがしょっぱい……。では味噌汁はどうでしたか」

「薄すぎたな」

「さようでございましたか。台所の者が味噌をけちりましたかな。手前が倹約するよう、口煩《くちうるさ》くいっているせいでしょう。明日からは、もっと濃い味噌汁を出すようにいっておきます」

「よろしく頼む。だが、ご飯はとてもおいしかった」

「ああ、さようでございましょう。うまい米を常に食事に回すように、奉公人には厳しくいいつけてありますので。うまい飯をたらふく食べると、人は元気が出ますからな」

「それなら、味噌汁は濃くするだけでなく、もっとよいだしを使うほうがよいな。ご飯と味噌汁は切っても切れぬものだ。その二つが格別にうまければ、おかずがさほどうまくなくとも、飯屋は繁盛するものだ。奉公人のためにも、その二つは一揃いと考えたほうがよかろう」

「承知いたしました。心しておきましょう」

あっさりとした口調で答えて、恵三が咳払いをし、居住まいを正す。

「湯瀬さまはお酒を召し上がりますか」

いきなりそんなことをきかれ、直之進は目を見開いた。

「今から酒が出るのか」

「いえ、そのつもりはございません。ちょっときいてみただけでございます」

「酒はやらぬ」

「一滴もでございますか」

うかがうような目で恵三が直之進を見る。

「前は飲んでいたが、今はまったく飲まなくなった。もともと酒はあまり強くない。根は好きだが、やめるのはさして難しくなかった」

「なにかやめるきっかけがあったのでございますか」

さらに恵三が問うてきた。

「懇意にしている医者が、酒は毒水ゆえ長生きしたかったらやめるように、とおっしゃった。それでやめた」

「それはまた、ずいぶん素直でいらっしゃいますな」

「素直だとは、よくいわれる。俺はあまり人の言葉を疑わぬようにできているらしい」

「美徳でございましょう。手前など、人の顔を見れば疑うことしかいたしませ
ん」
そんな顔つきをしているな、と直之進は恵三を見つめて思った。
「しかし、ようございました。酒をやるお方は信用できませんので……」
「おぬしは酒をやらぬのか」
「やりません。たまにどうしても付き合いで飲まなければならないときがござい
ますが、ほんの一口だけ付き合いでなめるだけでございます。おいしいとはまっ
たく思いませんな」
いかにも忌々しげに恵三が顔をゆがめる。
「あのようなものを飲むなら、水のほうがずっとましですな。酒を飲むなど金の
無駄でしかありませんし、体にもよくありません。毒水とは、そのお医者さまも
よくおっしゃったものでございます」
そうだな、と直之進は相槌を打った。
「俺はもともと用心棒を生業としていたが、あるとき、昔の用心棒仕事を振り返
って、賊に襲われてわずかに応じ遅れることがあったのを思い出した。もしや、
あれは酒のせいだったのでは、という気がしてな。そのことも、酒をやめる後押

しになった」

「ほう、さようでございますか」

「酒はよく肝の臓に悪いというが、おそらくそれだけではないな。全身に悪さをしているような気がする」

「酒が体によくないというのは、手前にも心当たりがございますよ。手前の場合は頭でございますが……」

「ほう、頭か。どのようなことだ」

興を引かれて直之進はたずねた。

「商売柄、手前は米問屋の寄合によく出るのですが、そのときの決め事をすっかり忘れてしまう者が必ず何人かいるのです。それが、いずれも大の酒好きでございまして。きっと酒で頭をやられてしまっているのではないかと、手前は思っておるのです」

「そうかもしれぬな。酒を飲みすぎる者は物覚えが悪い」

「おっしゃる通りでございます」

我が意を得たりという顔で、恵三が両手を打ち合わせる。

「手前が口を酸っぱくしていっておりますから、うちの奉公人で酒を飲む者は一人もおりませんが、前に馘《くび》にした者はひどく覚えが悪く、しくじりばかりしておりました。あれも大の酒好きでしたな……」

そのときのことを思い出したのか、恵三が瞳に怒りの色をたたえる。

「しかし、おぬしが酒をやらぬというのは意外だった。うわばみかと思っておったが」

ははは、とかすれ声で恵三が笑う。

「それは、よくいわれますな。しかし、これまで手前が自腹を切って飲んだ酒など、一升にも満たないでしょう」

「それはまた徹底しておるな」

「何度もいうようですが、金の無駄ですから」

当たり前だといわんばかりの顔で恵三が答えた。

「おぬし、そんなに金が大事か」

「それはもう」

胸を張って恵三が肯定する。

「お金より大事な物はこの世にありません。お金があれば、いろいろなことができます。世の中を思い通りに動かせるような気にもなりますし」

「それが楽しいか」

恵三を凝視して直之進はきいた。

「楽しゅうございますな」

心の底からそう思っているのが、表情から知れた。

「おぬしは、公儀の要人たちとも昵懇《じっこん》なのか」

「ええ、それはもう。このような商売を長く続けておりますと、必ず偉いお方と知り合うことになります」

「老中も知り合いか」

「ええ、何人かは。老中首座の堀江信濃守さまとも親しくさせていただいておりますよ」

「なにか頼み事をしたりするのか」

この問いは恵三の機嫌を損ねたようだ。

「なにゆえ湯瀬さまは、そのようなことをお聞きになるのでございますか」

かたい顔で恵三が問いを発する。

「阿漕な真似をしても、老中に頼めばもみ消してもらえるのか、それを知りたいのだ」

さすがにそんなことをきかれるとは思っていなかったようで、恵三が絶句した。喉仏を上下させ、直之進をまじまじと見てくる。

「湯瀬さまは、なかなかあけすけな物言いをなされますな」

「怖いものがないからな」

「ご公儀も恐ろしくありませぬか」

「怖くはない。今の上さまが将軍職にある限りな」

「今の上さまが……。それはなにゆえでございましょうか」

「上さまを救ったことがあるからだ」

「上さまを救ったとは。それはどういうことでございますか」

ふふ、と直之進は笑いを漏らした。

「内緒だ」

「えっ、それはひどうございます。是非ともお聞かせください」

「ならぬ。上さまから口止めされている」

「上さまから……」

無念そうに恵三がうなだれる。

「それは仕方ありませんな」

以前、千代田城に大筒が打ち込まれたことがあった。その後、本丸御殿が全壊し、将軍が生き埋めになった。それを救い出したのが、佐之助と直之進である。殺し屋だった佐之助は、それまでに犯したすべての罪を将軍から許された。さらに直之進と佐之助は二百両もの大金を下賜された。

「だからといって、俺は上さまに口利きを頼もうとは到底思わぬ。そなたは平気で頼めるのか」

「平気でございます。金のためなら、なんでもできますので」

至極当然という顔で恵三がいってのける。ここまで面《つら》の皮が厚くなければ、と直之進は思った。莫大な金を儲けるなど、決してできることではないのだろう。

「しかし、手前は湯瀬さまがおっしゃるような阿漕な商売をしているわけではございませんよ」

身を乗り出して恵三が力説する。

「手前がいかに努力してここまでの身上《しんしょう》を築いてきたか。なにもせずにひたすら安気《あんき》に暮らしてきた者たちには、決してわかりますまい。手前はいろいろと人に悪くいわれますが、あれは、ただのねたみでしかありませんな」

口をへの字に曲げて恵三がうそぶく。

「おぬし、読売を読んだか」

恵三を見据えて直之進は鋭くきいた。

「ああ、猿の儀介のことが書いてある読売でございますね。ええ、読みました」

苦い顔で恵三が認める。

「あれに書いてあったことは真実なのか」

「ええ、だいたいは当たっておりますよ」

今さら打ち消すのも面倒だという顔で、恵三があっさりと首肯する。

「あれが真実であるというなら、まちがいなく猿の儀介はこの店を狙ってくるであろう」

「今宵、来ましょうか」

恵三が不安げに眉を曇らせる。

「来るかもしれぬ」

湯瀬さま、と厳《おごそ》かな声で呼びかけて恵三が威儀を正した。

「どうか、よろしくお願いいたします。この店を守ってくださいませ」

「よくわかっている。給金分の仕事はするつもりだ。安心してくれ」

「ありがとうございます。湯瀬さまにおいでいただき、手前はまさに大船にのったような心持ちでございますよ」

「猿の儀介は、金蔵の鍵のありかを知るために、おぬしの部屋に入ろうとするかもしれぬ。その前にむろん捕らえるつもりだが、岩田屋、なにがあっても俺が呼ぶまで部屋でじっとしておるのだ。騒ぎが起きている最中、決して部屋の外に出てはならぬ。家人や奉公人にも命じておくのだ。承知か」

「わかりました。湯瀬さまの仰せの通りにいたします」

深く頭を下げて、恵三が直之進の前を去っていった。


九つの鐘が鳴ったのは、四半刻ほど前である。部屋の壁にもたれて、目を閉じていた直之進は目をそっと開けた。

——来たか……。

首筋のあたりが、かすかにむずがゆい。肌がなんらかの気配を捉えているのだ。

胸に抱いていた刀を持ち、直之進は立ち上がった。何者かの気配が徐々に強まっているのは、こちらに近づいてきているからだろう。

まちがいあるまい、と直之進は一人うなずいた。猿の儀介が敷地内に忍んできている。

——まだ母屋に入ってはおらぬか……。

これから侵入する気なのだ。それにしても、と直之進は思った。あの高い塀を越えるとは相当の身軽さだ。猿という異名は伊達ではない。

番傘で明かりを遮《さえぎ》っている行灯に顔を近づけ、直之進はふっと息を吹きかけた。部屋が一瞬で暗くなる。

だが、まるでその息吹が聞こえたかのように、侵入者の気配も消えた。

なにゆえだ、と直之進は首をひねった。きっと用心しているのだ。猿の儀介が盗みを重ねるにつれ、その噂は江戸中に広まっている。慎重になるのは当然のことだ。

一味はまだそのあたりにいる、と直之進は思った。今は、こちらの気配をじっとうかがっているのだ。身じろぎ一つせず、うずくまるようにしているのではないか。

猿の儀介は、岩田屋が用心棒を雇い入れたと考えているかもしれない。ならば、警戒心を強めるのは当たり前のことであろう。

心気《しんき》をととのえ、直之進は自らの気配を消そうと試みた。うまくいったかはわからないが、三十を数えるほどのときがたったのち、再び人の気配が動きはじめた。

息を殺したまま、直之進は台所のほうに顔を向けた。そちらから気配がしている。猿の儀介は母屋の濡縁から床下に入り込み、地面を這《は》って台所に出るという手口を使っているのではあるまいか。

刀を腰に差した直之進は音もなく襖を開け、ひっそりと暗い廊下に出た。床板がひどく冷たいが、そのほうがありがたい。意識が研ぎ澄まされていく。

五歩も行かないうちに、直之進は足を止めた。むっ、と眉根を寄せる。

不意に、侵入者は遣い手かもしれぬ、との思いが湧いてきた。武芸者特有の気配が、肌に突き刺さるように伝わってくる。

――それだけの遣い手がなぜ、加藤屋のあるじを無慈悲に殺したのか。

なにゆえそこまでしたのか、と直之進には不思議でならない。これほどの腕を誇っているなら、なにも殺さずとも、あるじの気を失わせることくらい、難しくなかったはずだ。

もしかすると、と直之進は思い当たった。猿の儀介は、加藤屋のあるじを殺したかったのかもしれない。うらみでも抱いていたのだろうか。

再び廊下をじりじりと進みはじめた直之進は、恵三夫婦の寝所の前に来た。壁にぴたりと背中を張りつける。もし加藤屋と同じ手口を用いるつもりでいるなら、猿の儀介はまちがいなくこの部屋を目指してくるはずだ。

恵三のものとおぼしきいびきが、腰高障子を震わせて響く。猿の儀介に襲われるかもしれない夜に、これだけ熟睡できるものか。

直之進は恵三の肝の太さに舌を巻いた。このくらいでないと、老中など公儀の要人を相手にして、丁々発止《ちょうちょうはっし》、渡り合えないのだろう。

恵三のいびきを的にしているのか、闇の向こうから二つの気配がそろそろと廊下を近づいてきたのが知れた。しかし、直之進が立つ場所まであと三間あまりというときに、気配がぴたりと動かなくなった。

――気づかれたか。

眉根を寄せたが、直之進はこのまま引き上げてくれてもよいと思った。戦わずして追い返せるなら、用心棒としてそれが一番である。

目だけを動かし、廊下の奥のほうへと向けてみたが、闇が泥のようにどろりと横たわっているだけで、なにも見えない。夜目は利くが、それにもやはり限界がある。

直之進は、自分から気配がするほうへ近づこうという気にはならなかった。そんな真似をすれば、まちがいなく感づかれる。

ここはひたすら待つべきだろう。それしか手はない。向こうから近づかせて、不意を突くのだ。

来い、と直之進は心中で念じた。まるでその声に応じたかのように、気配がまたしても動きはじめた。

闇の中に、うっすらと人影が浮かぶように見えた。やはり二人組だ。いずれも黒ずくめで忍びのようだ。

直之進に気づいている様子は感じられない。一人が廊下に膝をつき、恵三のいびきに耳をそばだてるような仕草をした。

恵三のいびきの調子に変わりがないと断じたのか、一人が腰高障子に左手をかけた。気合を発することなく、直之進は刀を抜き放ち、上段からすっと落としていった。

直之進の斬撃は、過《あやま》たず男の左手を斬った。うおっ、と男がくぐもった声を上げた。左手から血を滴らせ、後ろに下がる。右手で腰の脇差を引き抜いて姿勢を低くし、闇を見透かす。

「なにやつ」

男に誰何《すいか》され、直之進はふっと笑みを漏らした。

「まさか、盗賊に見咎《みとが》められるとは思わなんだな」

忍び頭巾の中の目がぎらりと光を帯びた。

「用心棒か。まさかいきなり刀を振ってくるとはな……」

男は忍び頭巾に覆われた顔をゆがめたようだ。憎しみの目で直之進を見据える。直之進は足を踏み出し、男に近づいた。

「先手を取るのは戦いの常道だ。まあ、いきなり命を奪うのは止めておいたがな。おとなしく捕まるのなら、その傷だけで済ませてやろう。刃向かうというなら、殺す」

脅しではなかった。直之進は本気で殺るつもりでいる。下手に手加減すれば、岩田屋の家人や奉公人に怪我人だけでなく、死者が出ないとも限らない。そんな事態は、なんとしても避けなければならない。

「悪徳商人を守ろうとするとは、きさまは屑《くず》だ」

一瞬で直之進の間合に飛び込んできた男が、脇差を斜めに振ってきた。なかなか鋭い斬撃だったが、直之進は余裕を持って刀で弾き返した。

ただそれだけで、男の体が上に跳ね上がった。直之進の斬撃があまりに強すぎたのだ。

廊下に着地したものの、よろけた男が必死に体勢をととのえようとする。その隙を逃さず直之進は深く踏み込み、天井に刃が当たらないように袈裟懸けを浴びせていった。男が体を開き、ぎりぎりでよけた。

すると、廊下の奥にもう一人の男が立っているのが見えた。こちらも黒ずくめだ。この男が猿の儀介だろうか。

そうにちがいない、と確信した直之進はその男に向かって、突きを見舞った。

おっ、と声を上げ、男がかろうじてかわした。

「引き上げるぞっ」

儀介とおぼしき男が叫んだ。声には悲痛さが籠もっていた。

「逃げてください」

大声を発するや、手傷を負った男が直之進に脇差で斬りつけてきた。直之進は再びその斬撃を打ち返した。きん、と金属音が鳴り、火花が散った。

またも男の体が浮きそうになった。なんとかこらえ、逆に姿勢を低くした男が右手一本で下段からの逆袈裟斬りを繰り出してきた。

直之進は体を反らせることでよけ、男の横にすっと出た。男の左半身が隙だらけになっている。

直之進は力を入れることなく刀を落としていった。背中から脇腹を斬り裂くはずだった斬撃は、再び男の左腕を斬った。男が体を思い切りひねったからだ。

うぅぅ、と男がうめき声を上げた。直之進は、さらに刀を胴に払っていった。すると、男がとんぼを切って後方に跳ね飛んだ。直之進の斬撃は空を切った。

男が脇差を持ったまま、廊下を駆け出していく。逃がすか。直之進は追いかけた。

猿の儀介とおぼしき男は、すでにその場から消えていた。配下を置き去りにしたようだ。

頭《かしら》ともあろう者が、と直之進はあきれた。

血を流しつつ男が外に出、通りを走り出す。直之進は五間ばかり遅れた。男に続いて通りに飛び出した。

猿の儀介とおぼしき男が、辻にある商家の軒下に立っていた。配下を待っていたようだ。

「おぶされ」

猿の儀介が命ずる。配下が、猿の儀介の背中に身を預ける。そのときには、あと一間のところまで直之進は迫っていた。

配下をおんぶして、猿の儀介が駆け出す。間合に入ったと見定めた直之進は、刀を振り下ろした。

だが、空振りだった。配下を背負っているのに、猿の儀介は一気に足を速めてみせた。直之進はあっという間に引き離された。

それでもあきらめなかった。直之進は五町以上にわたって、猿の儀介を追いかけ続けた。

だが、結局は闇に紛れられた。配下を背負ったまま猿の儀介は、どこかの商家か町家の塀を乗り越えていったようだ。そのことに直之進は気づかなかった。

捕らえられなかったのは残念でならないが、仕方ない。やるだけのことはやった。直之進は岩田屋に戻った。

店の前には誰もいない。直之進のいいつけを守ったようで、誰も外に出てきていない。直之進は裏口から中に入った。

廊下を進んでいくと、腰高障子が開く音がした。見ると、こわごわと恵三が顔を出していた。

「湯瀬さま」

震え声で直之進を呼ぶ。廊下が暗く、直之進の姿が見えないようだ。

「ここだ」

返事をして直之進は廊下をさらに進んだ。

「無事か」

「はい、おかげさまで。あの、やはり猿の儀介が来たのでございますか」

ああ、と直之進は返答した。

「忍び込んできた二人組が猿の儀介かどうか確かめることはできなんだが、まずまちがいなかろう」

「猿の儀介は逃げたのでございますか」

うむ、と直之進はうなずいた。

「きっと今も夜の町を走っておろう」

「さようでございますか」

安堵の息を恵三が盛大に漏らす。

「さすがに湯瀬さまでございます。見事に退治してくれましたな」

「いや、残念ながら退治まではいかなかった。一人に傷を負わせただけだ」

「傷を……。しかし湯瀬さまのおかげで、なにも取られずに済みました。命よりも大事な金ですから、まことによかったですよ」

喜びを隠せずにいる恵三から目を離し、ふむ、と直之進は首をひねった。

——猿の儀介というのは、昨夜、本所で見かけた者ではないだろうか。

確信はないが、直之進はそんな気がしてならない。

——あの出血では、もし手当が遅れれば死ぬかもしれぬな。

手傷を負った男のことを直之進は考えた。すぐに血止めをすれば、命に関わるようなことにはならないだろうが、医者が見つからなければ危ないかもしれぬ。

とにかく、と直之進は思った。

——これに懲《こ》りて二度と義賊めいた真似はやめればよいのだが。

果たしてどうだろうか、と直之進は小さく首を傾げた。

五

左手に痛みはない。

いや、今は気持ちが高ぶっているために、感じないだけだろう。恐ろしいまでの遣い手だった。今も角之介の体には震えが残っている。あれほどの腕の持ち主が悪徳商人の用心棒をつとめているとは、にわかに信じがたい。

——やつはいったい何者なのか。

角之介は確かめたい思いに駆られ、後ろを振り返った。

今も、岩田屋の用心棒は夜道を必死に追いかけてきている。儀介の足が速いおかげでもう半町以上も離しており、さらに引き離しつつあった。あの男はとんでもない遣い手だが、足はさして速くないようだ。

「角之介、大丈夫か」

前を向いたまま儀介がきく。

「ええ、大丈夫です」

「死ぬなよ」

「これしきの傷では死にませぬ」

決して強がりではない。ふと儀介が角を曲がった瞬間、角之介は浮遊するような感覚を味わった。儀介が地面を蹴り、宙を飛んだようなのだ。

武家屋敷の塀が近づき、それが一瞬で背後に遠ざかった。真っ暗な庭を突っ切り、一気に母屋の背後に出た。

再び塀を跳び越え、通りに出る。角之介たちが塀を越えたことに気づかず、岩田屋の用心棒はそのまま道を行き過ぎていったのではないか。

「大丈夫か」

角之介を背負い直して、また儀介がきいてきた。足を少し緩める。揺れがなくなって、角之介はそれがありがたかった。

「大丈夫です」

「そなたの勘に従っておけばよかったな」

儀介が臍《ほぞ》をかんだ。角之介は、岩田屋に忍び入る前からいやな予感がしていた。敷地内に入ってからも、なにか巨大な壁が立ちはだかっているような気がして、進むのを何度もためらった。それを儀介に励まされて、母屋内に入り込んだのである。

——しかし、まさか虫の知らせが当たってしまうとは思いもよらなんだ……。

勘というのはやはり馬鹿にできぬ、と角之介は改めて思った。そのとき、二度も斬られた左腕に、ずきんと痛みが走った。

た。

「痛むのか」

角之介の体の動きでそうと覚ったか、儀介がきいてきた。

「はい、今頃痛みはじめました」

「どこかで血止めをしなければならぬ。角之介、このあたりに医者はいないか」

儀介にきかれたが、角之介は頭がぼんやりしており、なにも思い浮かばなかった。

「確か、この先に一軒、医療所があったな」

独りごちて儀介が足を速めた。そのときには睡魔が角之介を襲いはじめていた。目を閉じると、ずいぶん楽に感じた。

儀介の背で揺られながら風を切っていくのが、実に心地よかった。このままずっとこうしていられたら、どんなに幸せだろう。

だが、儀介が足を止めたのがわかり、角之介はゆっくりと目を開けた。眼前に一軒の家が建っていた。看板が出ているが、目がかすれているらしく、なんと書いてあるのか、角之介には読めなかった。

「やはりあった」

安堵したような儀介の声が聞こえた。

「角之介、ここでしばらく待っておれ」

「兄上は」

「今からこの家に忍び込む。その上でここの戸を開け、そなたをこの家に運び込む。わかったか。急病ということで戸を叩けば開けるかもしれぬが、もしかすると起きてこぬかもしれぬし、留守をよそおわれるのも避けたい」

「わかりました。おとなしく待っています」

「今からそなたを下ろすぞ。よいか」

はい、と答えた角之介は地面に座らされた。医療所の板壁に身を預ける。

間髪を容れずに儀介が家に忍び込む。姿が一瞬で消えた。

目を閉じ、角之介はしばらくまどろんでいた。頰を軽く叩かれ、目を開ける。

儀介の顔が間近にあった。

「よし、手当をしてもらえることになった。中に入るぞ」

儀介の肩を借り、角之介は医療所へと足を踏み入れた。中は行灯が灯っており、ほんのり明るかった。布団の上に寝かされる。

そこに、坊主頭の男があらわれた。歳は四十をいくつか過ぎているだろうか。眠そうな顔をしており、目をしばたたいている。

　この家の医者だろうが、儀介に無理に起こされたにちがいない。そして刃物をちらつかされて脅されたのだろう。

「この男だ」

　忍び頭巾をかぶったままの儀介が、角之介を指さす。

「血止めをし、手当をすればよいのだな」

　面を上げ、医者が儀介に確かめる。

「そうだ。頼めるか。金は払う」

「よかろう」

　うなずいた医者が角之介のそばに座り、傷を負った左手をまじまじと見た。

「これはまたきれいに斬られたものだ。腕の傷も同じだ。両方とも縫わねばならん。相当痛いが、我慢できるかな」

　角之介をのぞき込み、医者がきく。

「もちろんだ」

「これをくわえなさい」

　医者は忍び頭巾をずらすと、丸めた手ぬぐいを角之介の口に入れた。

「舌を嚙み切らんようにするためだ。では、はじめよう」

医者が焼酎で傷口の毒消しをし、それから針と糸で傷を縫いはじめた。身をよじりたくなるほどの激痛が走ったが、手ぬぐいをぐっと噛んで角之介は我慢した。

半刻ほどで傷の縫合は終わった。口から手ぬぐいが取り去られ、角之介は楽に息ができるようになった。ひどく重く感じていた左手が、ずっと軽くなっていた。

「これで、まず命に関わるようなことはあるまいて……」

満足そうな顔で医者が小さな笑みを浮かべる。こんなときに笑えるなどずいぶん肝が据わっている医者だな、と角之介は少し驚いた。

「ひょっとして、猿の儀介さんか」

儀介を見つめて医者がきく。

「そうだ」

ごまかすことなく儀介が即答する。

「今夜はしくじったか」

「まあな」

「ならば、傷が治るまで決して無理をせんほうがよいな。あなた方が捕まったら、江戸の者は落胆しよう。富士山の噴火がいつおさまるかわからぬこんなときだ。あなた方は皆の望みだ」

　懐から財布を取り出し、儀介が五両を畳に置いた。

「これで足りるか」

　金に目を投げ、医者がうなずく。

「十分だ」

「では、これで我らは失礼する。真夜中に押しかけて、済まなかった」

　医療所を出たところで、儀介が角之介を再びおんぶした。それから本所松倉町の屋敷へと向かう。

「兄上、こたびのしくじりで懲りましたか」

　角之介は儀介にたずねた。

「いや、懲りてなどおらぬ。まだまだ金は稼がねばならぬ。あと少しでなんとかなるとは思うのだが……」

「それがしもあきらめておりませぬ。明日にでもまたどこかへ忍び込みましょう」

「明日はさすがに仕事はできぬ。さっきの医者にも無理はするなといわれたばかりだぞ」

「いえ、明日だからよいのです」

「なにゆえだ」

「それがしが怪我をしたことは、岩田屋の者がきっとまわりにいいふらしましょう。それが他の商家に伝わり、気が緩むはずです」

「そこを狙うというのか」

「さようです」

「どこを狙う」

「岩田屋といいたいところですが、あの用心棒がいるでしょう。それこそ無理でしょうね。ですので、読売に関脇で名が挙がっていた二軒がよいのではないでしょうか」

「神辺屋と中森屋だな」

「さようです」

角之介が深手を負ったとはいえ、二人ともへこたれていない。それがわかり、角之介はうれしかった。

御家の台所事情は好転していない。苦しいままである。金はいくらあっても足りない。

兄の堂之介のためにも、やりとげなければならない。領内の者たちや江戸の町人たちのためにも、道半ばでやめるわけにはいかない。

第三章

一

大勢の野次馬が集まり、朝日を浴びつつ、わいわい騒いでいる。

「通しておくれ。お役人がいらしたよ」

富士太郎の前を行く伊助が声を張り上げる。人垣が次々に割れ、富士太郎は岩田屋の前に出ることができた。

二人の町役人《ちょうやくにん》と自身番づきの数人の若者が、野次馬を店に近づけないように壁をつくっていた。ご苦労さん、と富士太郎は声をかけた。ご足労ありがとうございます、と町役人たちが辞儀する。

足を止めた富士太郎は目の前の店を見上げた。江戸でも屈指の米問屋だけのことはあり、さすがに巨大な店構えだ。屋根に『米』と墨書《ぼくしょ》された扁額《へんがく》が掲げられ、建物の横には『岩田屋』と書かれた看板が張り出していた。

店の戸はかたく閉じられていたが、富士太郎たちが来たのを覚ったかのように、くぐり戸が開いた。姿をあらわしたのは湯瀬直之進である。

なにゆえここに直之進さんが、と富士太郎は驚いたが、そういうことか、とすぐに合点がいった。

富士太郎を見つめて直之進が微笑する。

「富士太郎さん、よく来てくれた。珠吉《たまきち》、伊助も足労《そくろう》をかけた」

おはようございます、と富士太郎は挨拶した。珠吉と伊助も同じ言葉を発する。

「直之進さんは、岩田屋で用心棒をされていたのですね」

うむ、と直之進が顎を引いた。

「ちょうど昨日からだ」

「では、用心棒についた最初の日に猿の儀介が忍び込んできたのですか」

直之進さんが用心棒についていたなら、と富士太郎は思った。猿の儀介はなにも取らずに逃げるしかなかっただろう。

「富士太郎さん、ここではなんだ、中で話をしよう」

直之進の案内で富士太郎たちはくぐり戸を入り、糠《ぬか》くささが漂う暗い土間に足を踏み入れた。一段上がったところに店の座敷が広がっており、行灯と火鉢が置かれていた。

直之進にいわれるまま、富士太郎たちは火鉢のそばに座した。やはり暖かいのはありがたく、気持ちがほっとする。

間を置かずに店主の恵三がやってきて、富士太郎に挨拶をした。口調は大店のあるじらしく、そつがなく丁寧ではあったが、猿の儀介が狙ったのも納得がいくような悪相をしていた。

笑みを浮かべて富士太郎も挨拶をした。

「猿の儀介に入られるなんて災難だったけど、直之進さんに来てもらって、よかったね」

富士太郎をうかがうような目で見て、恵三が口を開く。

「樺山さまは、湯瀬さまとお知り合いでございましたか」

恵三は意外そうな顔をしている。

「親しい間柄だよ。もうずいぶん長い付き合いになるからね」

「長いというと、どのくらいでございますか」

「もう四年にはなるんじゃないかね」

「ああ、そのくらいでございますか……」

どこか小馬鹿にしたような口調で恵三がいい、軽く首を振った。一転、感心したような眼差しで直之進を見やる。

「とにかく、こちらの湯瀬さまのおかげで、猿の儀介はなにも取らずに逃げていきました。さすがに用心棒代がお高いだけのことはありますな。湯瀬さまは、本当に素晴らしい働きでございましたよ」

「なにも取られなかったというのは、本当によかったね。おまえさんが吝嗇《けち》だという噂は江戸中に轟いているけど、まさか直之進さんの給金を値切るような真似はしなかっただろうね」

吝嗇と富士太郎がいった途端、眉をぴくりとさせたが、恵三はすぐさま平静さを取り戻したようだ。

「もちろんでございます」

胸を張って答えた。

「あいだに立っていただいた口入屋の言い値で、お頼みいたしましたよ」

それを聞いて、直之進が苦笑をこらえるような顔をした。やっぱり値切ったんだね、と直之進の表情を見て富士太郎は確信した。

笑みをおさめた直之進が、昨夜の猿の儀介について説明をした。

その話を聞き終えて、富士太郎は軽く吐息を漏らした。

「二人組で、いずれも侍のようだった。それだけではなく、まるで忍びのような身のこなしだったと。そして直之進さんは、手下とおぼしき男の左腕を斬ったのですね」

「そうだ。左の手と腕を斬ったゆえ、かなりの出血があったはずだ。その後、俺は逃げるやつらを五町ばかりにわたって追いかけた。見失ったのは、浅草阿部川《あべがわ》町《ちょう》のあたりだったな。やつらは、あのあたりに土地鑑があるのかもしれぬ」

「なるほど……」

「俺は一昨日の晩の八つ頃、市中見廻りに出ていたのだが、そのとき本所松倉町のあたりで、猿の儀介に似た二人組を見かけた。怪しい二人組とみて追いかけてはみたのだが、すぐに見失った。あの二人がまことに猿の儀介だったとすれば、あのあたりにも土地鑑があるのかもしれぬ」

「本所松倉町ですね。承知しました」

浅草阿部川町から本所松倉町に行くには吾妻橋《あづまばし》を渡ることになり、富士太郎の縄張ではなくなるが、上役の荒俣土岐之助《ときのすけ》からは、そのあたりのことは気にせず探索に当たれ、といわれている。吾妻橋を渡って七、八町というところだろう。

ほかになにか直之進さんにきくべきことがあるかな、と富士太郎は自問した。

別に思いつくようなことはなかった。

「直之進さん、いろいろとありがとうございました」

直之進に丁寧に礼を述べて、富士太郎は珠吉と伊助を連れて外に出た。店の前からは、すでに野次馬はいなくなっていた。役目は終わったと判断したらしく、町役人たちも姿を消していた。自身番に戻ったのだろう。

直之進さんに追いかけられたのなら、と岩田屋の前に立って富士太郎は思案した。左腕の傷の血止めをする暇は、まずなかったのではあるまいか。

「このあたりに血の跡がないか、探してみておくれ」

珠吉と伊助に命じてから、富士太郎も路上に目を当てた。珠吉と伊助も、目を凝《こ》らしている。

――さっきの野次馬たちに消されてなきゃいいけど……。

「あっ、ここに血の跡があります」

岩田屋の軒下の端のほうを、伊助が指さしている。

「どれどれ」

素早く近づき、富士太郎は地面に目を据えた。伊助のいう通りで、どす黒くなった血の跡が点々とついていた。

「こいつは幸いだったね」

ええ、と富士太郎のそばに来た珠吉が同意を示す。

「野次馬たちは、この軒下までは来なかったようですね」

「町役人たちのおかげだね。よし、さっそくたどっていくよ」

もしかすると、と血の跡を見つめて富士太郎は思った。これが吾妻橋を渡って本所松倉町のほうまで続いているということはないだろうか。

もしそうだったら、猿の儀介一味の隠れ家を見つけられるかもしれない。

富士太郎たちは血の跡を追った。

直之進の言葉の通り、浅草阿部川町に入ったところで血の跡は消えていた。

顔を上げ、富士太郎は目の前の武家屋敷を見た。猿の儀介たちは、直之進の追跡を振り切るために、どうやらこの塀を乗り越えたようだ。見上げると、塀の上のほうにも血の跡が残っていた。

――まさか、猿の儀介というのはこの屋敷の主じゃないだろうね。

しかし、もし直之進が本所松倉町で見た二人組が猿の儀介一味だったら、この屋敷は関係ない。追いすがる直之進から逃れるために、塀を飛び越え、敷地に身を隠したのではないか。

だとしたら、と思い、富士太郎は屋敷の裏手にも回ってみた。案の定、また路上に血の跡が見つかった。

猿の儀介一味はこの屋敷内で息をひそめ、直之進の追跡をかわしたにちがいない。血の跡は、東に向かってさらに点々と続いていた。

富士太郎たちは、それをなおも追った。

血の跡が途切れたのは、一軒の診療所の前である。もしや猿の儀介の手下はここで手当を受けたのかな、と建物を見上げて富士太郎は考えた。

——直之進さんによれば、かなり深手《ふかで》だったらしいからね。眠っていた医者を起こし、無理に手当をさせたのかもしれないね。まさか、今もここにいるってことはないだろうね。

診療所は二階建てで、戸口の前で患者らしい者が五、六人で列をつくっていた。外で待っているだなんてずいぶん繁盛しているお医者なんだね、と富士太郎は建物に取りつけられている看板を改めて見上げた。

そこには『医療所　新洋庵《しんようあん》』とあった。浅草阿部川町には何度も来ているが、大きな通りから外れていることもあり、ここに医療所があるとは知らなかった。

「このお医者は腕がいいのかい」

列の最後尾に立っているばあさんに、富士太郎はきいた。

「ええ、そりゃあもう」

しわだらけの顔をほころばせて、ばあさんが答える。

「洋睡《ようすい》先生は腕もいいですが、人柄もよろしいんですよ。とても優しいんです。その上、お代もよそよりずっと安いし」

江戸には藪医者が多いが、洋睡のような三拍子そろった医者がときおりいる。近所に住む者だけでなく、遠方からも患者がやってくるのではないか。

「珠吉、伊助。寒い中すまないが、おまえたちは外で待っててくれるかい」

「承知しました」

珠吉と伊助が声を合わせた。順番待ちをしている者たちに申し訳ないと思いながら医療所の戸を開け、富士太郎はたくさんの履物が揃えてある二畳ばかりの土間に入った。雪駄を脱ぎ、式台に上がる。

「失礼するよ」

手を伸ばし、富士太郎は腰高障子を横に滑らせた。そこは待合部屋らしく、十人ばかりの老若男女が座布団に座っていた。ささやき声で病の話や世間話に興じていたようだが、突然町方役人があらわれて、一様に驚きの顔を見せた。

三方が壁の待合部屋には火鉢が置かれ、暖かかった。襖の向こう側に施術部屋があるようだ。

「先生、いらっしゃいますか」

襖越しに富士太郎は声をかけた。間髪を容れずに身分と名を告げる。

「町方のお役人……」

そんなつぶやきが聞こえ、するすると襖が開いた。坊主頭に十徳《じっとく》を羽織った男が敷居際に立っている。この男が洋睡だろう。

施術部屋では中年の女が布団に座し、少し不満そうな顔で富士太郎を見ていた。

「済まないね。できるだけ早く話を終えるからね」

女に謝っておいてから、富士太郎は洋睡を見た。襖を閉じた洋睡は、少しこわばった顔つきをしている。

——おいらがなぜここに来たか、見当がついているのかな……。

「先生。どこか二人だけで話せるところはありませんか」

「でしたら、こちらにどうぞ」

洋睡は腰高障子を開けていったん出入口の式台に出、横にある階段を登りはじめた。富士太郎は後ろについていった。

二階は八畳一間だけだったが、おびただしい数の書物が所狭しと積み上げられていた。いずれも医術書の類のようで、洋睡の医学に対する熱意が知れた。こいつはすごいね、と富士太郎は目を丸くした。

洋睡が散乱している書物を拾い集め、文机《ふづくえ》の上に重ねて置いた。

「こんなところで申し訳ない。どうぞ、これを使ってください」

座布団を出され、ありがとうございます、と富士太郎は遠慮なく腰を下ろした。

「独り身ゆえ茶も出せず申しわけないのですが……。樺山さまがいらしたのは、猿の儀介のことでですかな」

富士太郎の向かいに座して、洋睡がずばりと問う。

「その通りです」

富士太郎は大きくうなずいた。

「やはり昨夜、猿の儀介はここにやってきたのですね」

「さよう」

富士太郎を見つめて洋睡が認めた。

「手前は、いつも下の待合部屋を寝所にしているのです。この医療所を開いた当初はこの部屋で寝ていたのですが、すぐに書物があふれて寝られなくなってしまいまして……」

そのようですね、と富士太郎はにこやかに相槌を打った。

「猿の儀介は二人組でした。二人とも黒ずくめで、顔も隠しておりました。二人がやってきたとき手前はもちろん眠っていたのですが、いつの間にか忍び込まれておりましてね。左の手と腕を斬られた男を手当しろといわれました」

「手当はしたのですね」

「血止めをせずに放っておけば、命に関わるような傷でしたからね、しっかりと縫いました。二人が猿の儀介だということも、すぐにわかりましたよ。見るからに盗人という形《なり》でしたからね」

「傷の手当をしたあとは、どうしましたか」

「施術代を五両も置いて出ていきました」

「五両も……」

「樺山さま。その五両はご公儀に返さないといけませんか」

「いえ、その要はありません。どうぞ、収めておいてください。先生は別に悪いことをしたわけじゃありませんからね」

「それは助かる」

洋睡がにこにこと笑んだ。

「薬を購《あがな》うのにも、かなりのお金がかかりますからな。正直、あの五両があるのとないのとでは……」

「先生は、ほかのお医者よりお代を安くしていらっしゃるようですね」

「やはり患者には貧しい者が多いですからね。ない者からお代は取れません」

「医は仁術《じんじゅつ》というわけですか」

「そういうことです」

笑顔で洋睡が顎を引く。

「人から苦痛を取り去り、寿命を延ばす。これはやはり、仁徳《じんとく》がなせる業でしょう」

仁徳とは苦しみを除き、喜びや楽しみを与える徳のことをいう。洋睡先生は、と富士太郎は思った。まさにそれを具現しているのだ。

「猿の儀介ですが、先生のことを知っているようでしたか」

「これまで、あの二人が患者としてここにやってきたことはありません。いくら二人が顔を隠していても、一度でも診《み》たことがあれば、それははっきりとわかります」

そういうものなんだろうね、と富士太郎は思った。洋睡が言葉を続ける。

「このあたりに土地鑑のある者なら、ここに医療所があることぐらいは知っていたでしょうね」

富士太郎が知らなかっただけで、洋睡はこのあたりでは知らぬ者がいないほどの医者のようだ。猿の儀介がその評判を聞いていたとしてもおかしくはない。

――やはり猿の儀介たちは、この近くに隠れ家があるんじゃないかね。いや、二人が武家だというなら、屋敷があるのだろうか……。

それ以上きくこともなく、洋睡に深く感謝の意を伝えて富士太郎は医療所の外に出た。

「待たせたね」

富士太郎は、ひだまりに立っていた珠吉と伊助に声をかけた。

「二人とも、寒くはなかったかい」

「ええ、今日は陽射しがあって暖かいですから、寒さは感じませんでしたよ。伊助といろいろと話をしていたら、ときもすぐにたちましたしね」

珠吉は、伊助にどんな話をしたのか。中間としての心構えなどを、説いていたのかもしれない。

珠吉の隠居はもうすぐである。まだ現役でいるうちに、さまざまなことを伊助に教え込もうとしているはずだ。ありがたいことだね、と富士太郎は心から感謝した。

「旦那、こちらのお医者から、なにかいい話は聞けましたかい」

珠吉に問われて、富士太郎は、うん、と首肯した。

「もしかしたら、猿の儀介の二人はここを端《はな》から知っていたかもしれないんだ」

「じゃあ、たまたまこの診療所に行き当たり、お医者に手当を頼んだわけではないんですね」

「おそらく、このあたりに土地鑑があり、まっすぐこの医療所を目指してきたんだろうさ」

――洋睡先生がおっしゃった通り、この医療所を端から知っていたんだ。洋睡先生の腕がよいことも、きっと知っていたにちがいないよ。

やはり猿の儀介の二人は、この近くの武家屋敷で暮らしているのではあるまいか。

——しかし、武家が名うての盗賊だとは、ちょっと信じられないね。

武家で台所が苦しいところは数え切れない。

——どこの家も悪事など働かず、一所懸命にがんばっているんだよ。それなのに、猿の儀介は盗みに手を染めたんだ。

必ず捕まえてみせるからね、と富士太郎はかたい決意を胸に刻んだ。

二

本名は義之介《よしのすけ》という。猿の儀介という通り名は、一月《ひとつき》前に盗みをはじめるに当たり、つけたものだ。盗みを働くなら、まったく別人の仕業に見せかけたかったからだ。

猿の儀介という名は角之介に提案された。兄上は猿のように敏捷《びんしょう》だからという理由だった。耳にした途端、義之介は気に入って、即座にその名を用いることにした。

――角之介はどうしているだろう。

気にかかった。昨夜、この屋敷に帰ってきて角之介と別れたのち、自室に戻って寝床に横になったまではよかったが、うとうとするものの、義之介はほとんど眠れなかった。

そのまま朝を迎えたせいで、体が重い。ろくに眠れなかったのは、岩田屋の用心棒に完膚なきまでに叩きのめされた上に、角之介が負った傷が気がかりだったからだろう。しかし、なにかほかのことが原因で胸騒ぎがしているのではと考えたのも、また事実である。

――なにゆえ、昨夜はあれほど心が乱れたのか。

正直、義之介にはわけがわからない。やはり角之介のことが気にかかって仕方なかったのだ、と義之介は断じた。

――本当に角之介はどうしているだろう。傷は大丈夫なのか。傷口が開いたりしておらぬだろうか……。

確かめずにいられなくなった義之介は即座に庭に面した腰高障子を開けた。濡縁で雪駄を履き、やわらかな陽射しが降り注ぐ庭を足早に歩いて、角之介の離れへと向かった。

――傷が痛み、角之介はろくに眠れなかったのではないだろうか。

「角之介」

離れの前に立ち、義之介は呼びかけた。

「兄上」

すぐに応《いら》えがあり、腰高障子がからりと開いた。敷居際に角之介が座していた。左の手と腕に巻かれた晒《さらし》が痛々しい。眉根を寄せかけたが、義之介はぐっとこらえ、平静な顔つきを保った。

「傷の具合はどうだ」

角之介の顔をじっと見て、義之介はきいた。その問いを受けて、角之介がにこりとする。

「昨夜は傷がうずくこともなく、今も調子は悪くありませぬ」

血を流したせいであろうが、角之介の顔色はあまりいいとはいえない。しかし、意外に元気そうに見えた。今の言葉も虚勢を張っているわけではないようだ。

「兄上、お上がりになりますか」

笑顔のまま角之介が勧めてきた。

「邪魔をしてもよいのか」

「せっかく兄上がいらしてくれたのです。邪魔などということはありませぬ」

義之介は濡縁の下にある沓脱石《くつぬぎいし》で雪駄を脱ぎ、離れに上がり込んだ。離れは六畳が二間というつくりである。あとは裏に厠が設けられている。

「眠れたか」

角之介が出してくれた座布団に座るや、義之介はきいた。

「ええ、ぐっすりと」

疲れた顔はしておらず、角之介は本当に熟睡できたようだ。

「よく眠れたのは、あの医者の腕がよかったおかげだろうな」

「そのようですね。兄上は、あの医者をご存じだったのですか」

「他出したときに何度か前を通りかかったことがあってな。いつも必ず患者が列をなしていた。きっと腕がよいのだろうと踏んでいた」

「実際、その通りでしたね」

うむ、と義之介はうなずいた。

「道すがら、あれだけの医者がいてくれて、角之介は運がよかった。かなり深手であったからな」

腕のない藪医者にかかっていたら、あるいは医者の手当を受けられなかったら、今頃、角之介は命がなかったかもしれない。

「しかし、あの岩田屋の用心棒には驚かされました」

感極まったような口調でいって、角之介がかぶりを振った。

「まさか、あれほど強い男がこの世にいるとは夢にも思いませなんだ」

「まことにすごい男だったな。江戸は広いということだ」

はい、と角之介が点頭した。

「ですが、もし次にやつに会ったら、必ず打ち倒してみせます」

「ずいぶん自信があるのだな」

「ございます」

角之介が獣のように瞳をぎらつかせた。

「なにか策でもあるのか」

「ありませぬ。勘のようなものです。ただおのれの腕を信ずるのみ。もう一度やり合えば、倒せるような気がします」

だが、もしまた角之介があの用心棒とやり合ったとしても、勝てぬのではないか、という気がしてならない。腕の差は歴然としており、角之介がどんな手を使おうと勝てないように思えた。

しかし義之介の口から出たのは、思いとは裏腹な言葉だった。

「自分を信ずるというのは、まことによいことだ。信念こそが、人を前に進ませるものだからな」

「兄上のおっしゃる通りでございましょう」

ところで、と義之介は話題を変えた。

「俺はそなたに、猿の儀介という名をつけてもらったが、そなたはなにゆえ通り名を用いなかった」

なにゆえそんなことをきくのか、と思ったようだが、落ち着いた表情で角之介が話す。

「それがしは、兄上の手下に過ぎませぬ。名が表に出ることがない以上、通り名をつけたところで無駄ではないかと」

いかにも武家の三男坊らしい答えだな、と義之介は思った。部屋住《へやずみ》から脱せる見込みがなく、一生飼い殺しのような状態で過ごしていくのだと思えば、どうしてもどこかひねくれた考え方になってしまうのは仕方のないことだ。むろん、次男の自分も角之介と大差はない。

――世話になった者への恩返しや領民のために盗人をはじめたつもりでいたが、実のところは、窮屈な暮らしを強いられて気持ちが塞《ふさ》ぎ、単に世間を騒がせたくなっただけなのではないか……。

きっとそうにちがいあるまい、と義之介が一抹《いちまつ》の虚しさを覚えたとき、外から土を踏む音が聞こえてきた。

「誰か来たようだな」

部屋住の三男が暮らす離れに来る者など、限られている。あの足音は、と角之介がつぶやき、義之介を見る。

「田ノ上のようですね」

下屋敷の用人を務める田ノ上陸作のことだ。

「角之介さま」

腰高障子越しに声をかけてきたのは、角之介のいう通り、陸作だった。どこか上ずっているような声だな、と義之介は感じた。陸作がここまでやってくるなど、なにかあったとしか思えない。

素早く立ち上がった角之介が、腰高障子をからりと開けた。濡縁のそばに、陸作が立っていた。その視線が角之介から自分に移る。

「やはり、義之介さまもこちらでしたか。先ほどお部屋に伺いましたら、誰もおられなかったので……」

どこかもどかしげに陸作が言葉を紡《つむ》ぐ。その目は沓脱石に当てられていた。腫《は》れたように赤い頬のあたりが、ぴくぴくと引きつっていた。陸作は明らかに落ち着きを欠いていた。

「田ノ上、どうかしたのか」

鋭い声音で角之介が質《ただ》す。すっくと立って、義之介は角之介の背後に立った。

「そ、それが……」

喉仏を上下させて、陸作が言葉をしぼり出す。

「田ノ上、しっかりするのだ」

「は、はい」

背筋を伸ばし、深く息を入れて落ち着こうとする。義之介と角之介を見つめ、思い切ったように口を開く。

「殿が、亡くなりましてございます」

陸作がいったいなにをいっているのか、義之介にはわからなかった。言葉がすんなりと頭に入ってこない。

「田ノ上、なんと申した」

陸作が同じ言葉を繰り返す。

「それはまことか」

義之介は確かめずにいられなかった。なにしろ堂之介には昨日、会ったばかりなのだ。そのときはすこぶる元気だったではないか。しかも堂之介は、病で死んだ父の跡を継いで、まだ一年ほどしかたっていない。二十七の若さである。

「まちがいございませぬ」

かたい声音で陸作が答えた。

「なにゆえ兄上は亡くなったのだ」

できるだけ平静に義之介はたずねた。

陸作がかしこまる。

「殿は、御腹《おはら》を召《め》されたようでございます」

「なんだと」

信じられぬ。義之介は愕然とした。

「なにゆえ兄上が腹を切らねばならぬ」

昨日、兄が一瞬見せた憂《うれ》いを帯びた表情を、義之介は思い出した。

――兄上が自裁《じさい》されたというなら、昨日すでにその覚悟があったのだろうか。兄上がここに見えたのは、俺たちに別れを告げるためだったのか。昨夜、心が乱れたのは、兄上の死を肌で感じたゆえか……。

「堂之介さまは、ご公儀からなにかいわれたようにございます」

自信がありそうには見えず、陸作にも確信があるわけではないようだ。

「公儀だと」

義之介は眉根を寄せた。そういえば、と思った。

「昨日、兄上はご老中にお目にかかったとおっしゃっていたな。ご老中に、なにか無理難題を突きつけられたのか」

「そうかもしれませぬ」

義之介を見つめて、陸作が認める。老中からいったいなにをいわれたのか、と義之介は考えたが、ここで答えが出るはずもなかった。

「義之介さま」

凛《りん》とした声で陸作が呼ぶ。

「なんだ」

面を上げて義之介は陸作を見据えた。

「もうおわかりでございましょうが、殿亡きあと、義之介さまが次の御当主にございますぞ」

「むう……」

堂之介が死んだ今、ほかに道がないのは明白なのだが、義之介にはこれから堂之介の跡を継ぐことになるという実感がまるでない。

「むろん、義之介さまが家督を継がれるということは、上の方々の話し合いでもう決定済みでございます」

なんと、と義之介は啞然とするしかない。自分が知らないうちに、物事は滞《とどこお》ることなく進んでいるのだ。

もっとも、それは当然であろう。御家を存続させるということが、武家にとっては何物にも代えがたい重要事なのだ。当主が死ねば、次の当主を立てることを、家臣たちは一番に考えなければならない。

「これから、殿の病死届けが公儀に出されます。我が家の跡継ぎとして義之介さまは、なにかとお忙しくなりましょう。心しておいてください。亡き殿の葬儀は明日、探妙寺《たんみょうじ》において執り行われることになっております」

菩提寺の探妙寺は新寺町《しんてらまち》通りにあり、上屋敷から三町ほどしか離れていない。

「では、それがしはこれにて失礼いたしますが、義之介さま、半刻後には上屋敷にお出でいただくことになります。どうか、お支度をお願いいたします」

「承知した」

義之介が応じると、陸作が一礼して立ち去った。

しばらくのあいだ義之介はなにもできず、その場に立ち尽くしていた。堂之介が死んで悲しいはずだが、涙も出てこない。堂之介の死がまだ本当だと感じられないせいだろう。

背後で角之介がすすり泣いている。義之介は振り返った。畳に突っ伏して、嗚《お》咽《えつ》していた。

「角之介」

名を呼んで義之介は弟に近づいた。ひざまずき、角之介の背中をさする。角之介はおびただしい涙を流しており、畳に小さな水たまりができていた。

「こんなときにいうことではないかもしれぬが、猿の儀介は店じまいにするしかないな」

小さな声で義之介は告げた。えっ、と声を漏らし、角之介が面を上げた。涙で腫れた目で義之介を見る。

「兄上、本気でおっしゃっているのですか」

「むろん本気だ。俺は家督を継いで当主となる。盗賊などやれるわけがない」

「兄上はやめていただいてけっこうです。立場がありますゆえ」

義之介は目を鋭くして角之介を見た。

「そなたはどうする気だ」

「決まっております。それがしが猿の儀介となり、盗みを続けます」

「今に至って、なにゆえそのようなことをいうのだ。金なら、一息つけるだけの額は貯まったではないか」

「いえ、まだ足りませぬ」

義之介をにらみつけるようにして、角之介が首を横に振った。

「足りぬことはあるまい」

「いえ、江戸の海で一進丸を沈められた茂上屋が新たな千石船を建造するためには、まだ十分とはいえませぬ」

「十分とはいえぬかもしれぬが、今の額でもかなりの助けになるのは確かであろう」

「それでは茂上屋に申し訳が立ちませぬ。これまで茂上屋が我が家に尽くしてくれた恩をお忘れですか」

「角之介」

瞳を動かし、義之介はぎろりとねめつけた。

「どうしても肯《がえ》んじぬ気か」

「そういうことです。それがしは一人でもやり抜く所存」

それを聞いて義之介は眉を曇らせた。

「よいか、一人では無理だ。危《あや》うすぎる。昨夜も二人だったから、なんとか虎口《ここう》を逃れられたのだぞ」

「確かに兄上がいらっしゃらなかったら、それがしは捕まっていたでしょう。それでも、それがしは猿の儀介を続けます」

「一昨日の晩、昨晩と立て続けにそなたがすごい遣い手と出会《でくわ》したのは、もう盗みをやめるようにと天が命じておるのだ。角之介、潮時だ」

「いやです。やめませぬ」

駄々っ子のように角之介がかぶりを振る。

「いやではない。やめてもらわねばならぬ。もしそなたが捕まるようなことがあれば、我が家は取り潰しになるのだぞ」

「兄上、それは、これまでも同じでしょう」

「互いに助け合ったからこそ、これまでは無事だったのだ。一人になれば、ちがうぞ」

「そのようなことはありませぬ。それがしは二度とあのようなへまはしませぬ。領民だけなく江戸の町人たちのためにも、これからも盗みを続けます。それこそが天命だと信じております」

「やめるのだ」

角之介の肩をつかんで、義之介は説得を試みた。しかし、それでも角之介はうなずこうとしない。よく光る目で義之介を見る。

「我が領内は疫病が流行り、飢饉も続けざまに起きています。その上、長いあいだ我が家の力になってくれた茂上屋は危機に瀕《ひん》しています」

廻船問屋の茂上屋はついこのあいだ、江戸湊を間近にして最後の千石船を失ったのだ。老中の本多因幡守の暗殺を企んだ五十部屋唐兵衛を首領とする三艘の船が軛《くびき》となって江戸湊を封鎖したとき、持ち船の一進丸を大筒《おおづつ》で沈められたのである。

一進丸は、唐兵衛によって他の船への見せしめにされたのだろう。一進丸を容赦なく沈めてみせることで、周りの船を警《いまし》めたにちがいない。

——一進丸はまことに運がなかった……。

義之介は口を開いた。

「家が存続すれば茂上屋への援助はできるが、取り潰しになったら、それもできぬ。すべてを失うことになるのだぞ」

その言葉を聞いて、角之介が義之介を見下すような顔をする。

「兄上は怖いだけでしょう」

「なにが怖いというのだ」

義之介は声を荒らげた。

「己が身に転がり込んできた家督を失うことがです」

「当たり前であろう。家督を失うのが怖くない者など、この世におるものか」

「援助が断たれれば、茂上屋は潰れますぞ」

「援助はなくさぬ。もし万が一、援助できなくなったとしても、我が家が取り潰しに遭うよりは百倍ましだ」

「なんと……」

角之介があっけにとられたように義之介を見る。

「あれだけ世話になった茂上屋を、兄上は見捨てるおつもりですか」

「見捨てる気はないが、万が一の際はやむを得まい。家のほうが大事だ」

「やむを得ぬと……」

無念そうに角之介がため息をつく。もはやなにをいっても無駄だという思いが、はっきりと見て取れた。

――それは俺も同じだ。

「兄上はそれがしが邪魔でしょう。それがしはここから出ていきます」

「邪魔なはずがなかろう。俺たちはこれまで仲よくやってきたではないか」

「では、これからもこの離れにいてよろしいのですか」

「当然だ」

「猿の儀介をやめずとも、ですか」

「あ、ああ」

「わかりました」

顎を引くや角之介がいきなり離れを飛び出した。止める間もなく姿が見えなくなった。

――どこに行くつもりだ。また戻ってくるのだろうが、左腕の傷は大丈夫なのか。

それだけが義之介は心配だった。

――あの体で無茶をしなければよいが……。

義之介は心の底から願った。

――しかし、なにゆえこのような仕儀になったのか。

目を閉じて考えたが、答えが出るはずもなかった。

――俺は家督などこれっぽっちも望んでいなかった。

なにゆえ堂之介が切腹したのか。死を選ばなければならなかったわけとはなんなのか。

それをまずは解き明かさなければならぬ、と義之介は決意した。

三

湯飲みを茶托に戻した。

喉を通った茶が、胃の腑に落ちていくのがわかる。

腹が空いたな、と直之進は思った。もうじき昼の九つになるだろう。

——果たして昼餉は出るのだろうか。

戦国の昔は昼を食べずに過ごしていたと聞いたことがある。だが、直之進は昼餉を食さないと、腹が減ってしようがない。朝餉の次の食事が夕餉では、体がもたない。

だがもし昼餉が出ぬのなら、と直之進は思った。夕餉まで寝て過ごすしかなくなる。

——いや、それは勘弁だ。

食べ物屋を探すしかあるまい。ここは江戸でも屈指の繁華街上野広小路だ。腹を満たすための店など、数え切れないほどあるはずだ。それに、明るいあいだは猿の儀介が忍び込んでくることはないだろう。

——いや、二度とこの店に姿を見せることはあるまい。

ふと直之進は、秀士館のことが気にかかった。今も、佐之助や菫子《すみれこ》たちは焼け出された者たちのために、炊き出しをしているだろう。用心棒仕事とはいえ、なにもせずにこんなところでのんびりくつろいでいるようで、申し訳ない気持ちになった。

「お待たせしました」

襖越しに女の声がかかった。

「昼餉の膳をお持ちしました」

「かたじけない。入ってくれるか」

はい、と朗らかな声とともに襖がするすると横に動き、若い女が顔を見せた。

昨日の夕餉を持ってきたのとは、ちがう女である。

「失礼いたします」

敷居を越えて直之進のそばに座し、女が膳を静かに置いた。櫃《ひっ》を持った女も続いて入ってきたが、こちらは四十をいくつかすぎているだろう。若い女のかたわらに櫃を置くと、すぐに出ていった。

若くてずいぶんきれいな女だ。歳は十七、八くらいだろうか。着ている物も上等である。

「湯瀬さま、どうぞ、お召し上がりください」

若い女が、きらきらと光る瞳で直之進を見つめ、食べるように勧めてきた。

いわれて直之進は膳の上を見た。湯豆腐に梅干し、わかめの味噌汁という献立《こんだて》である。

「これはすごいな」

直之進は目を丸くした。今日の朝餉は猿の儀介を撃退したというのに、薄い味噌汁に大根の葉の漬物という献立だったが、この変わりようはいったいなんなのか。恵三に、なんらかの心境の変化でもあったのだろうか。

「湯瀬さまに、店の者と同じ粗末な食事をさせていると知って、変えさせたんです」

女が茶碗に飯を盛り、それを膳にのせた。ほかほかと湯気が立っており、それが食い気をそそった。

「変えさせたというのは、誰がかな」

箸を取り、直之進は遠慮なく食べはじめた。豆腐の味が濃く、旨味が口中に広がっていく。これはいい豆腐だな、と直之進は感心した。

「変えさせたのは私です」

若い女が胸を張って答えた。

「そなたが……。そなたとは今日、初めて会ったと思うが、なにゆえそのようなことを」

そんなことができるのは、直之進には一人しか考えられない。

「猿の儀介を退散させるなど、素晴らしい働きをなさったお方に、いくら給金を支払っているとはいえ、粗末な食事をさせるなど言語道断です。だから、私からおとっつぁんにきつくいいました。私にいわせれば、これでもまだ足りません。魚をつけないといけません」

魚か、と直之進は思った。確かにこれに魚が加わったら、豪勢そのものといってよい。

「そなたは、もしやこの店の娘か」

「さようにございます。さち、と申します。どうぞ、お見知り置きを」

「ああ、おさちさんというのか」

「さんづけなんて、よしてください。呼び捨てにしてくださいますか」

「わかった。次からは呼び捨てにしよう。俺は湯瀬直之進という。こちらこそよろしくお願いする」

直之進は深く頭を下げた。

「お願いするだなんて、湯瀬さまはずいぶん四角四面なお方ですね」

「しゃちこばっていると、よくいわれるな」

「少しいかめしさがありますものね」

「そうか、俺はいかめしいか」

「いかめしいといえば……」

おさちが両手をぱちんと合わせる。

「湯瀬さまは、烏賊飯《いかめし》を召し上がったことはございますか」

いきなり話が飛び、直之進は戸惑ったが、その思いを面に出さないように気を配った。若い娘というのは、たいていこんな感じなのではないか。

「烏賊飯というのは聞いたことがないが、なにかな」

「湯瀬さまは蝦夷《えぞ》をご存じですか」

「北の最果ての地だな。松前《まつまえ》という地に、松前家という大名が城を持っている」

「松前ではお米が取れないので、江戸の上屋敷にはうちが入れているんですよ」

「松前家は一万石だが、それは米が取れるからではないのか」

「いえ、一万石というのはお大名としての家格を保つためのものに過ぎないようですよ」

「ほう、そうなのか」

「それで、松前の海では烏賊がたくさん取れるらしく、烏賊飯というものがあるそうなんです。番頭さんがそのつくり方を、上屋敷のお侍に教えてもらったそうです」

「そうだったのか。では、その烏賊飯を、ここでつくったことがあるのか」

興味を抱いて直之進はきいた。

「ございます。烏賊からげそやわたを抜き、胴に飯を詰め込んで、だしの利いた醬油で煮込むのです」

「ほう、そいつは実にうまそうだ。俺は烏賊が好物でな」

「よい烏賊が手に入ったら、私が湯瀬さまのために烏賊飯をつくって差し上げましょう」

「まことか。そのような物をつくれるとは、おさちは大したものだな。楽しみでならぬ」

湯瀬さま、と呼びかけてきて、おさちが居住まいを正した。真剣な眼差しを注いでくる。意を決したような顔をしているが、と直之進は思った。どうしたのだろう。

「どうかしたのか」

「私は、よい妻になれましょうか」

いきなりきかれ、直之進は目をみはったが、すぐに大きくうなずいた。

「烏賊飯をつくれるおなごなど、いかに広い江戸とは申せ、そうはおるまい。きっとよい女房になれるぞ」

自信を持って直之進は答えた。

「本当ですか」

おさちが顔を輝かせる。

「ああ、本当だ」

「でしたら湯瀬さま、私を妻にしていただけませんか」

「なにっ」

腰が抜けそうになるほどに直之進は驚いた。

「なにゆえそのようなことをいうのだ」

ごくりと唾を飲んで直之進は質した。

「私は強い殿方が好きなのです。昨夜、猿の儀介を退散させたと聞いて、私、湯瀬さまのことが大好きになりました」

おさちは、今にもすがらんばかりの目をしている。

「そなたのようにきれいな娘に惚れられるのはうれしいが、俺にはすでに妻がいる。三つになる子もいるのだ」

「そんなのはかまいません」

おさちがきっぱりと言い切った。

「お妾《めかけ》でもけっこうですから」

「妾だと」

大店の娘がなんということをいうのだ。直之進は目をむいた。

「それは無理だ。大事な娘を妾にするなど、恵三も許さぬだろう」

「おとっつぁんは、なにも申しません。私のいいなりですから」

そうなのだろうな、と直之進は納得した。怖いものなしの男でも、自分の娘にはめろめろで、なんでも認めてしまう父親というのは少なくない。

「湯瀬さま、いかがです。妾にしていただけますか」

おさちが膝でにじり寄ってきた。

「いや、無理だ。できぬ」

直之進がなんとか断ったとき、廊下を駆けてくる足音がし、湯瀬さま、と叫ぶ声が響いた。ほぼ同時に襖が開く。

顔を見せたのは恵三である。こんなときだが、その悪相が直之進には恵比寿様のように神々しく見えた。

「どうかしたのか」

恵三の目がおさちに向く。

「おまえ、どうしてここに。しかも湯瀬さまと二人きりとは……」

「給仕をしていたのよ」

「そんなのは女中に任せておけばよいのだ」

「わたしがやりたいからやるの。それよりおとっつぁんこそ、なにかあったんじゃないの」

「ああ、そうだった」

ようやく思い出したらしく、恵三が直之進を見つめた。

「湯瀬さま、店のほうにいらしてくださいますか」

「どうかしたのか」

刀を手に立ち上がり、直之進は恵三とともに表へと向かった。なにか騒がしい。恫喝《どうかつ》めいた声が聞こえてくる。

「あれは何者だ。何人かおるようだが」

恵三の背中に直之進は問いかけた。

「浪人です」

憎々しげに答え、恵三が首を横に振った。

「なにをしに来た」

「小遣いせびりでございます」

「なるほど、そういうことか……」

長い廊下が終わり、恵三が内暖簾を払う。外の明るさが入り込み、直之進にはまぶしいくらいだ。

目を慣らすまでもなく、土間に四人の浪人が立ち、二人の奉公人を相手になにやら文句をつけているのが知れた。

岩田屋で買った米を食べたところ、腐っていたらしく腹痛を起こした。医者にかかったゆえ薬代を払え、といっている。

――恵三のいう通り、確かに小遣いをせびりに来たようだ。

富士山の噴火がおさまらず、世情の不安が増すにつれ、この手の輩が多くなっているのは疑いようがない。

直之進は沓脱に置いてある雪駄を履き、土間に降りた。おい、と声をかけて浪人たちの注意を引きつけた。二人の奉公人が助かったという表情になった。

「俺の後ろに来い」

直之進にいわれて奉公人が背後に回る。

「なんだ、おまえは」

四人とも目がぎらぎらし、いかにも金に飢えている感じがした。

「この店の用心棒だ」

「用心棒だと」

四人とも直之進を馬鹿にした顔で見る。

「こんな悪徳商人の用心棒をするなど、金に目がくらんだか」

「それはきさまらのほうだろう」

穏やかな声で直之進は告げた。

「この店の米を食べて腹痛を起こしたなら、かかった医者を連れてくるがよい。その医者がここの米が悪かったせいだというなら、金をやらぬでもないが、それも難しいかもしれぬ。なにしろ、ここのあるじは吝嗇で知られている」

「吝嗇だろうがなんだろうが、薬代は払ってもらう」

浪人の一人が頬を膨らませて強弁する。

「この店の米を食べて腹痛を起こしたとのことだが、その米はいつ買ったのだ」

新たな問いを直之進はぶつけた。

「十日ばかり前だ」

あまり考えた様子もなく、若い浪人が口にした。

「十日前の何刻だ」

眉間にしわを寄せて浪人が考え込む。

「あれは……夕方の七つ頃だ」

「米はどれほど買った」

「そんなことはどうでもよかろう」

歳がややいった浪人が苛立《いらだ》たしげに直之進をにらみつける。

「ここの米を食って腹を壊したのはまちがいないのだ」

「そうはいかぬ。しっかりと調べ、まことにこの店の米で腹痛を起こしたのが明らかにされれば、俺はどんなことをしてもここのあるじに金を払わせる。それで、どれほど米を買ったのだ」

「一升だ」

「どこ産の米だ」

「そんなのは知らぬ」

「それはおかしいな」

四人を凝視して直之進は首を傾げた。

「この店には、さまざまな米どころからたくさんの米が入ってくる。小売のお客には、必ずどこそこの米だと伝えてから、売るようにしてあるぞ」

直之進は適当な話をでっち上げた。

「どこの米かなど、覚えておらぬ」

「それもおかしい。もし一升の米を買ったのなら、産地が記された紙が包みに貼られていたはずだ」

「そんなものは見ておらぬ。見る前に、きっと剝がれてしまったのであろう」

「そうかもしれぬ……」

直之進は逆らわなかった。

「その一升の米だが、誰が売った。この二人のどちらかか」

浪人たちを見据えたまま直之進は、後ろに立っている奉公人を指し示した。

「ちがう。別の者だ」

首を回し、直之進は二人の奉公人に目を当てた。

「十日前の七つ頃、他の者がこの売り場にいたか」

「いえ、おりません」

二人の奉公人が声を揃える。

「午後は、いつも手前どもが売り場に出ておりますので」

「ということだが……」

前に向き直り、直之進は浪人たちに穏やかな目を当てた。

「おぬしらが米を買ったのは、この店ではなく、別の店なのではないか」

やんわりとした口調でいい、直之進は四人をじっと見た。

「ちがうか」

直之進に見つめられて、四人とも居心地が悪そうにもぞもぞした。直之進は四人に近づき、ささやきかけた。

「ここまでいってなおも帰らぬというのなら、俺が相手をするが、よいか。自分でいうのもなんだが、俺は強いぞ」

四人が怯えた目で直之進を見る。

「わかった。どうやら我らは店をまちがえたようだ」

「それでよい」

「帰るぞ」

残念そうな顔つきで、四人の浪人が暖簾を外に払って出ていく。

「ほかの米屋に行くのも、できればやめることだ」

暖簾を手で持ち上げて、直之進は四人の背中に声をかけた。

「どこの店も同じように用心棒を雇っておるぞ。痛い目に遭いかねぬゆえ、つまらぬ真似はやめておいたほうがよい」

四人を力ずくで懲らしめるのはたやすかったが、直之進は刀を抜くことなく退散させることに成功した。なにも起こらずよかった、と胸をなでおろした。

直之進と入れちがうように外に出ていったのは、おさちである。直之進が見ていると、おさちが手に持っていた竹皮包みを、四人の浪人にそれぞれ手渡しはじめた。

「うちのお米でつくったおにぎりです。うちのお米はおいしいですから、おなかを壊すようなことには決してなりませんよ」

かたじけない、と浪人たちが少し気恥ずかしそうな笑みを浮かべて受け取っている。きっと四人とも空腹なのだろう。おいしい握り飯を食べれば、悪さをしようという気もなくなるにちがいない。

おさちが店の中に戻ってきた。

「おにぎりは今つくったのか」

すぐさま直之進はきいた。

「さようです。昼餉のために炊いたご飯でつくりました。もちろん、私だけでなく女中にも手伝ってもらいましたけど」

「おさち、よいことをしたな。あの四人は、二度とこの店にやってこぬであろう」

そこに恵三が割り込んできた。

「湯瀬さま、まことに鮮やかなお手並みでございましたな」

惚れ惚れとした顔で直之進を見ている。

「俺はなにもしておらぬ」

「いやあ、そんなことはございません。手前どもだけでは、今の四人を追い払うことなどできなかったでしょう。湯瀬さまには、高い用心棒代を払って、来ていただいた甲斐がございましたよ」

恵三はひたすら感嘆している。

「湯瀬さまなら今の四人を倒すことなど、造作もなかったでしょうに、刀を抜かずに追い払ってしまうんですからなあ。すごいとしかいいようがありませんよ」

「下手に傷つけて、うらみを買いたくはなかったのでな。うまくいってよかった」

「もし湯瀬さまが独り身でしたら、おさちをもらっていただきましたものを……」

余計なことをいうな、と直之進は顔をしかめた。

「あら、私はお妾でもよいと湯瀬さまにお伝えしたわ」

案の定、おさちが恵三にいった。

「なんだって」

驚いた恵三が目をつり上げる。

「まさか湯瀬さま、うちの娘をたぶらかしたのではないでしょうな」

「馬鹿を申すな。俺がそのようなことをするはずがないではないか」

「そうよ。湯瀬さまが私をたぶらかすようなことをするわけがないでしょ。私から、好きですといったのよ」

「なんだと。湯瀬さまの妾など、わしは許さんぞ」

「おとっつぁんの許しなんか、端からもらうつもりはないわ」

相手にするのも面倒で、直之進は与えられた部屋にさっさと引き上げた。

一眠りしておくか、と座り込み、刀を抱いて壁に背中を預けた。夕餉までのあいだ眠るつもりである。

眠っておかないと、夜が保たない。もし万が一、また猿の儀介がやってきても、すぐさま応じられる態勢をとっておかなければならなかった。それには、陽のあるうちに眠っておくのが一番だ。

夕方に起き出し、刀の手入れをした。刀を鞘《さや》にしまうと、襖越しにおさちの声がした。夕餉ができたという。

「入ってくれ」

襖が開き、またおさちが膳を持ってきた。膳には、今度は焼魚がついており、直之進は瞠目した。

「すごいな」

「鯖《さば》ですよ」

白い歯を見せておさちが説明する。

「先ほど出入りの魚屋さんが持ってきたんで、湯瀬さまに召し上がっていただこうと思って買い求めました」

「それは大層ありがたい心遣いだが、俺は奉公人と同じ扱いでよいのだぞ。食事に関しては質素なもので十分だ」

「いえ、そういうわけにはまいりません。湯瀬さまを奉公人と同じように扱うのは、おかしいと私は思います」

そうか、と直之進はうなずいた。岩田屋にいるのも、せいぜいあと数日というところだろう。そのあいだに猿の儀介は富士太郎に捕まるはずだ。おさちとこれ以上親しくならないうちに、この店を離れたいものだ。

せっかくおさちが出してくれた鯖である。直之進はありがたく食した。脂がのっていて実にうまい。これはすごいな、と嘆息が漏れた。その様子をおさちが楽しそうに見ている。

夕餉を終え、ごちそうさまというと、おさちが空の膳を持って下がっていった。直之進は、なんとなくほっとした。

すでに日は暮れており、これからはなにが起きるかわからない。刀を抱き、直之進は気を張って屋内の気配に神経を集中した。

やがて店の者たちすべてが寝《しん》に就いたようで、静寂の帳《とばり》が降りてきた。

なにごともなくときが過ぎていったが、深更の九つを過ぎた頃、直之進はなにやら強い気を感じた。

——これは……。

目を開け、直之進は刀を手に立ち上がった。まちがいなく岩田屋に忍び込んできた者がいる。

それが、昨夜に感じた気配と同じように思えた。

——まさか猿の儀介がやってきたのではあるまいな。

感じる気は一つである。二人ではないのか、と直之進は首をひねった。猿の儀介が単身で忍んできたというのだろうか。

襖を開け、直之進は廊下に出た。強い気がこちらにまっすぐ近づいてきつつある。まるで俺を目指しているようだな、と直之進は思った。

廊下の向こうに一つの影が立った。紛れもなく猿の儀介である。全身黒ずくめだ。

だがなにゆえ一人なのか。もう一人はどこにいるのか。まだ忍び込んできておらず、外にいるのか。

直之進と二間ほど隔てて立っているのは、猿の儀介の手下のほうだ。左手の位置がどことなく妙なところにあるのが知れた。あれは怪我をしているからだろう。

「一人か」

直之進は言葉を投げた。

「そうだ」

「なにしにきた。どうやら盗みに入ったのではなさそうだが」

「きさまを討ちに来た。討って堂々と金をいただいていく」

「おぬしは昨夜、俺に敗れたのがよほど悔しかったのだな」

「負けるはずがない相手に負けたゆえ」

「それはおかしな言い草だ。百回やっても、おぬしが俺に勝つことは一度もないぞ」

「立ち合えばわかる」

「おぬしは左の手と腕に傷を負っているではないか。それでもやるのか」

「このような傷、なにほどのこともない」

男が腰に差している脇差をすらりと抜いた。

「まことにやるのか」

「しつこい」

「容赦はせぬぞ」

「それは俺の言葉だ。俺は岩田屋のような悪徳商人の用心棒をつとめるような男が許せぬのだ。わかったか」

男が一気に突っ込んでこようとしたが、直之進が抜刀して正眼に構えると、ぴたりと動きを止めた。そのまま動こうとしない。直之進を見つめて、なにか口の中でつぶやいているようだ。

――あれはなんだ。呪文でも唱えているのだろうか。

戦国の頃の忍びがそんな真似をしたと、軍記物で読んだ覚えがある。

だが、そのつぶやきを聞き続けているうちに、ただ男がうなっているらしいのがわかった。直之進に向かって突っ込もうという気はあるが、体が硬直して動かず、行け、と必死に自らを励ましているのだ。

だが、やがてそのつぶやきもやんだ。男の体から力が抜ける。

「おぬし、本当に強いな」

忍び頭巾の口のあたりがふくらんだ。男の声が耳に届き、直之進はわずかに刀を傾けた。

「百回立ち合えば、俺は確かに百回すべて負けるな」

頭巾からのぞいている目は、どこか憧れを秘めるような光を放っていた。

この男は、と直之進は思った。剣術が好きなのだな。

「おぬしを倒すのをあきらめたわけではないが、今夜はこれで引き上げる。俺を追うか」

「当たり前だ。捕らえて番所に引き渡す」

「逃げる俺を捕らえるか。おぬしにできるかな」

「試してみよう」

刀を構えた直之進が足を踏み出すと、男がさっと体をひるがえした。廊下を逃げていく。一瞬で姿が闇に紛れた。

腰の脇差を抜き、直之進は闇に向かって投げつけた。手応えはなかった。外れたか、と思った。端から男を追う気はない。追ったところで追いつけない。

——しかし猿の儀介とは何者だろう。

今の賊がかなりの腕を誇っているのは確かである。もっとも、左の手と腕を怪我していなくとも、直之進の勝ちはまず動かなかった。

——捕らえようと思えば捕らえられたかもしれぬ。なにゆえ俺はそれをしなかったのか。

あの男のまっすぐな目に押されたのかもしれぬ、と直之進は思い当たった。義賊などこの世にいるはずがないと思っていたが、あの男は本当に民のためを思って動いているのではないか。本当に正義のために盗みを働いているのかもしれぬ。

——その気持ちの正直さに心を打たれ、俺はなにもせずに見逃したというのか。

だが次があれば、と投げた脇差を拾いに行きながら直之進は思った。決して容赦はせぬ。

四

悔しい。左腕が思い通りに動いていたら、好勝負になっていたはずだ。だが、左腕は思った以上に重かった。

もっとも、あの用心棒との腕の差は歴然としていた。仮にこちらが万全でも、万に一つも勝てはしなかっただろう。

——あの男は本当に強い。江戸でもそう何人もいる男ではなかろう。その上、修羅場を何度もくぐり抜けているらしい。

昨夜もそうだったが、真剣での戦いにまったく動じていなかった。その強さを、角之介は骨身にしみていた。それにもかかわらず、なにゆえあの用心棒に戦いを挑んだのか。


自分でもよくわからない。いや、わかっている。

——俺は、兄上がうらやましくてならなかったのだ。

小なりといえども大名家の当主となり、未来が開けた義之介がねたましくてならなかった。義之介の意に沿わないことをしたくてならなかったのである。

——それに比べて俺はどうだ。

今もただの部屋住に過ぎない。義賊を気取っていたのも、どうしようもない鬱屈が胸底にあるからだ。

——この塞いだ気持ちを晴らすにはどうしたらよいか。

道は一つのように思えた。

中森屋という店の前で足を止めた。ここは小間物《こまもの》を扱っており、次に猿の儀介に狙われる店として関脇に据えられた店だ。安物を高価で売るし、粗悪な化粧品を売りつけて肌にあざが残るようなことになっても、まったくなんの償いもしないのだ。代金を返そうともしない。この店の悪評を声高《こわだか》に喧伝《けんでん》する者がいれば、やくざを送り込んで黙らせるということを平然と行う商家だそうだ。

――大関になってもおかしくないな……。

塀を越え、闇に躍り込んだ角之介は中森屋に忍び込んだ。

阿漕な店ではあるが、大義に殉じる覚悟がついた今、あえてあるじを殺そうという気はない。密かに金蔵の鍵のありかを探し出して錠前を開け、千両だけを頭陀袋に入れて盗み出した。

外に出て、新鮮な大気を胸一杯に吸う。生き返った気分になった。

目についた裏店の屋根に上がった。

「猿のお頭からのお恵みよぉ」

叫んで頭陀袋から小判を次々に放り投げる。地面に小判が当たる音がこだまする。長屋から町人たちが出てきて、ありがたや、と小判を拾いはじめた。

それを見て角之介は場所を移し、さらに小判を放り続けた。

頭陀袋の千両すべてを盛大に江戸の町にばらまくと、気分がすっきりした。

いい気分で、本所松倉町の下屋敷に戻った。離れに戻る。

だが暗闇の中に、人の気配を嗅いだ。誰かいる。

気配に剣呑《けんのん》さはない。こちらを害しようという者ではないようだ。腰高障子を開け、角之介は離れに入った。

闇を透かして見る。上屋敷に行ったはずの義之介が座していた。

「兄上」

「やっと帰ってきたか」

角之介が戻ってくるのを、ずっと待っていたようだ。

「これまでなにをしていた」

闇の向こうから義之介が詰問《きつもん》してきた。

「盗みに行っておりました」

角之介は平然と答えた。

「どこに行った」

「岩田屋と中森屋です」

「もう盗みはやめろといったはずだ」

「やめぬと、それがしは答えました」

「まことにやめぬのか」

「やめませぬ」

「この家が取り潰しになってもよいのか」

「それがしが捕まらぬ限り、取り潰しにはなりませぬ」

「盗みを続けていれば、いつか必ず捕まる」

「それがしは捕まりませぬ。もし万が一捕まったときは、自ら命を絶ちます。それゆえ、兄上、どうか、ご安心を」

「安心などできるものか」

「それがしを信じてください」

「俺のいうことを聞こうとせぬ弟が信じられるはずもない」

「ならば勘当してください。さすれば当家とは縁が切れ、それがしがなにをしようと関わりがなくなります」

「だが、そなたが当家の当主の弟ということに変わりはない」

「縁切りをしておけば、大丈夫です」

「よし、わかった。なにをいっても無駄なのだな」

刀を持って立ち上がり、義之介が近づいてきた。

「そなたを殺すしかない」

本気らしく、角之介が見たことのない光を瞳に宿していた。

「殺す……。兄上にできますか」

「できるさ。今まではそなたのことを思って、稽古でも手加減してきた。今宵からはそうはいかぬ」

刀を抜き、義之介が斬りかかろうという動きを見せた。角之介は応じようとしたが、左腕が相変わらず重い。これでは義之介が相手でも敵し得ないかもしれない。

体《たい》を返すや、角之介は離れを飛び出した。どこへという当てもなかったが、そのまま下屋敷の塀を乗り越えた。

なんということだ。逃がしてしまった。

義之介は頭を抱えたくなった。

——どうすればよい。

悩んだ末、義之介は下屋敷の用人田ノ上陸作の長屋に赴いた。子供の頃から頼りにしている男である。陸作が持つ燭台の灯が、義之介の顔をまともに照らし出した。

「これは殿」

深夜のいきなりの訪れに、陸作が目をみはった。

「田ノ上、相談がある」

「どうぞ、お入りください」

陸作の長屋は四畳半と六畳しかない。六畳のほうに義之介は通された。

「相談がある」

陸作の前に座して義之介は改めて告げた。

「ご相談とは、どのようなことでございましょう」

向かいに端座した陸作が、身を乗り出してきた。

「これから俺が申すことに、そなたはきっと驚こう。だが、気を確かに持って聞いてくれ」

「はっ、承知いたしました」

猿の儀介が義之介と角之介だったことを知らされて、さすがに陸作は仰天したが、すぐに平静な表情になった。

「わかりました。こうなっては致し方ありますまい」

「どうすればよい」

「手は一つでございましょう。角之介さまを亡き者にするしかございますまい」

「殺すのか。さっき俺は角之介にそう宣したが、さすがに弟を殺す決心はつかなかった。ほかに手立てはないか」

「ございませぬ」

きっぱりとした口調で陸作が打ち消す。

「角之介さまには、すべての秘密を持ってあの世に行っていただくのがよろしゅうございましょう」

「しかし……」

「角之介さまのことはそれがしも大好きでございますが、こたびのことは御家にとって一大事。今は角之介さまを討つしか、手はありませぬ」

「そうか……」

義之介は暗澹とするしかなかった。

「殿、角之介さまの行方に心当たりはありませぬか」

顔を寄せて陸作がきいてきた。しばらく考えたのち、義之介の中で一つの思いが浮かんできた。

「角之介は剣術がとにかく好きだった。幼い頃より剣術道場に通っておった」

「さようでございましたな。あれはどちらの剣術道場でございましたか」

「湯島切通町《きりどおしまち》にある剣術道場だ。あそこなら幼い頃から馴染んでいる。それゆえあそこに向かうような気がする」

陸作に向かって義之介は答えた。

「湯島切通町でございますね」

わかりもうした、と暗い目をした陸作が顎を引いた。

第四章

一

つんざくという言葉は、爪で裂くが由来だそうだ。

まさしくこれは、と思いながら富士太郎は、手足を蟬のように動かして泣き声を上げ続ける完太郎を見つめた。

――耳をつんざくというのが、ぴったりくる泣き方だね。

それでも、うるさいとは思わない。ただひたすらかわいいだけだ。

子供は元気が一番である。これだけ激しく泣けるのは、丈夫《じょうぶ》な証《あか》しだろう。

「よしよし、ちょっと待っているんだよ。いま替えてやるからね」

富士太郎は、完太郎のおしめを手際よく取り替えた。すると、気持ち悪さがなくなったらしく、完太郎があっさり泣き止んだ。あたりが一瞬で静寂の幕に包まれる。

――それにしても、おいらもだいぶ手慣れてきたものだよ。

おしめの替えは、最初はなかなかうまくできなかった。智代に教わって替えているうちに、上手になった。何事も経験が大事だね、と富士太郎は思った。

――おいらも町方同心をめげずに続けてきて、探索なんか、けっこうさまになってきたんじゃないのかね。

だからといって、もちろん富士太郎に慢心はない。これからも、さらに上を目指すつもりである。

いま完太郎はつぶらな瞳で富士太郎を見つめ、きゃっきゃっと笑っている。かわいいねえ、と富士太郎は心の底から思った。抱き上げて、ぎゅっと思い切り抱き締めたい。

――でも、男は加減がわからないからね。下手したら、大事な完太郎の息が詰まって死んでしまうかもしれないよ。

抱き締める代わりに、富士太郎はとろけそうな笑みを浮かべて完太郎に語りかけた。

「完太郎、さっぱりしたのかい。気持ちよくなって、よかったねえ」

富士太郎を見て、また完太郎が笑う。そのとき、廊下を近づいてくる足音が聞こえた。智ちゃんが来たようだね、と富士太郎は覚った。

「あなたさま」

腰高障子が開き、智代が顔をのぞかせた。

「伊助さんがいらっしゃいました」

「えっ、こんなに早くにかい」

まだ六つを過ぎて、いくらもたっていないだろう。またなにか事件が起きたにちがいない。心中で眉根を寄せた富士太郎は完太郎を智代に任せ、勝手口に向かった。

味噌汁のにおいが漂う台所の戸口に、伊助が立っていた。こちらにおいで、と手招き、富士太郎は台所の式台に腰かけた。

「なにがあったんだい」

中に入ってきた伊助が頭を垂れ、すぐさま話しはじめる。

聞き終えた富士太郎は、なんと、と驚きの声を上げた。

「また岩田屋に、猿の儀介があらわれたっていうのかい」

「ええ。岩田屋の使いが、明け六つに御番所に届け出たそうです」

朝の六つに町奉行所の大門は開く。猿の儀介が岩田屋に忍び込んだのは深更だっただろう。

夜明け前からその使いは大門のそばで待っていたのかもしれないね、と富士太郎は思った。よっこらしょと気合を込めて、立ち上がる。

「急いで支度してくるから、伊助、門のほうへ回ってくれるかい」

承知いたしました、と頭を下げて伊助が台所を出ていった。

間髪を容れずに台所をあとにした富士太郎は自室に戻り、完太郎に乳をやっている智代に告げた。

「また岩田屋に猿の儀介があらわれたそうだよ」

ええっ、と智代が目をみはる。それに動ずることなく完太郎は、ごくごくと勢いよく乳を飲んでいる。

「二夜、続けてですか。湯瀬さまは、まだ岩田屋さんの用心棒についていらっしゃいますよね」

「うん、まちがいなくついているはずだよ。猿の儀介は、直之進さんがもういなくなったとでも思ったのかな……」

手早く着替えを済ませた富士太郎は智代に完太郎のことを頼み、行ってくるよ、と笑顔を向けた。門のところで立っていた伊助とともに岩田屋を目指す。

上野北大門町にある岩田屋に着いた。店の前で珠吉が、富士太郎たちが来るのを待っていた。珠吉は直之進と、なにやら話し込んでいた。

——やはり直之進さんはいらしたよ。

挨拶をかわした富士太郎たちは店の座敷に上がらせてもらい、直之進と話をした。

「賊は一人だった」

富士太郎をじっと見て直之進が告げた。

「えっ、二人ではなく……」

うむ、と直之進が首肯する。

「では、一昨夜、直之進さんが傷を負わせたほうの男は、来なかったのですね」

「いや、来たのは傷を負ったほうの男だ」

「なんですって」

思いもかけない答えに、富士太郎は少し身を乗り出した。

「深手を負っているにもかかわらず、単身であらわれたのですか」

どうやら、と口にして直之進が口元に苦笑を浮かべる。

「昨夜は金目当てではなく、俺を倒しに来たようだ」

「直之進さんを……。つまり、一昨夜の意趣返しというわけですか」

「そうだと思う」

仮に万全な状態でも勝てるはずがないのに、と思いつつ富士太郎は直之進をじっと見た。いかにも元気そうで、どこにも傷を負っている様子はない。

それも当たり前だろう、と富士太郎は思った。直之進は恐ろしいまでの遣い手で、強豪が集《つど》う江戸でも屈指の剣客である。これまで数え切れないほどの修羅場をくぐり抜けてきた。いくらか剣を遣えるからといって、たかが盗賊風情《ふぜい》に後れを取るはずがない。

——一昨夜、直之進さんの強さを思い知ったはずなのに……。もう一度やり合えば、必ず倒せるとでも思ったのだろうか。直之進さんも見くびられたもんだね。

それだけで腕のほどが知れるというものだよ、と富士太郎は考えた。

——ただの勘ちがい男だね。

「直之進さんとやり合って、賊はどうなりましたか」

「やり合うというほどのこともなかった。剣をまじえる前に逃げていった」

「直之進さんは賊を追ったのですか」

いや、と直之進がかぶりを振った。

「追わなかった。わざと見逃したわけではないが、なぜかその気にならなくてな。むろん、追ったところで、一昨夜と同じで無駄だっただろうが……」

天井を見上げ、直之進が首をひねった。

「あの男は、まっすぐな目をしていた。盗賊には似つかわしくない澄んだ目だった。そのために、俺の中で迷いが生じたのだ」

直之進の判断を、富士太郎は尊重する気でいる。

「そんなまっすぐな目をしていたのなら、なにゆえ盗賊などやっているのでしょう」

「なにかわけがあるのかもしれぬ。まことに義賊なのかもしれぬが……」

うつむいた直之進がすぐに顔を上げた。

「いや、そんなことはあるまい。金を盗んだり、金のために人を殺めたりするのは、どんなわけがあろうと、してはならぬことだ。やはり、なにがなんでも追いかけるべきだった。済まぬ、富士太郎さん。猿の儀介を捕らえてくれ」

「承知しました。必ず捕まえます」

直之進に別れを告げて、富士太郎は一昨夜、猿の儀介の手当をした洋睡の医療所がある浅草阿部川町に足を運んだ。

――このあたりに、猿の儀介の足跡があるにちがいないよ。

一軒の武家屋敷から出てきた商家の者に、富士太郎たちは声をかけた。

「これは他言無用にしてもらいたいんだけど、お前さんが出入りしている武家で、猿のように身軽な若い男に心当たりはないかい」

なぜそのようなことをきかれるのか、番頭と手代だという二人が戸惑いの色を見せた。猿の儀介の正体が武家かもしれない、とは口が裂けてもいえない。

「ある事件でそういう男を追っているんだ」

二人は一所懸命に考えてくれたが、申し訳なさそうにかぶりを振った。

「存じませんねえ」

富士太郎は礼を述べて、二人を解き放った。その後の四半刻ばかりで、このあたりの住人とおぼしき者や商人たち十人以上に声をかけた。武家の隠居とおぼしき年寄りにも話を聞いてみた。

だが、手応えのある話は、残念ながら一つも得られなかった。

それでも、富士太郎はあきらめることなくあたりを行きから人に声をかけていく。

だが、一刻ほどいろいろな者をつかまえて話を聞いてみたものの、猿の儀介につながりそうな手がかりはなかった。

「どうもこのあたりは駄目なようだね」

唇を嚙んで、富士太郎はついに見切りをつけた。

「よそに行こう」

「どちらに行きますかい」

すかさず珠吉がきく。

「三日前の晩、直之進さんが猿の儀介らしい二人組を見た本所松倉町がいいんじゃないかな」

「では、縄張外に足を踏み入れるんですね」

珠吉が富士太郎を見上げている。そうだよ、と富士太郎は珠吉に目を当てた。

「ここ浅草阿部川町の界隈に、猿の儀介の住処があるのはまちがいないと思うんだ。でも、武家は体面《たいめん》を気にするから、家中の様々な事情などは、あまり外に漏れないんじゃないかな」

「それで、河岸《かし》を変えてみるというわけですかい」

うん、と富士太郎は点頭した。

「気分も変わるだろうしね。猿の儀介は、本所松倉町のあたりにも土地鑑がある
に決まっているよ」

「本所松倉町と浅草阿部川町に土地鑑があるんですかい……」

「実は猿の儀介の二人は同じ屋敷の者ではなくて、それぞれ住む屋敷が異なるのかもしれないしね……」

「なるほど。ならば旦那、さっそくまいりましょう」

「うん、そうしよう」

「では手前が……」

一礼して伊助が先導をはじめる。珠吉は富士太郎の後ろについた。

吾妻橋を渡り、富士太郎たちは本所松倉町に足を踏み入れた。浅草阿部川町からおよそ四半刻かかっている。

本所松倉町の東側と南側に、小禄の旗本や御家人のものとおぼしき屋敷がかたまっている界隈がある。そこに赴いて、富士太郎たちは聞き込みをはじめた。いろいろな人々に片っ端から話を聞いていく。

だが、大勢の者に問いをぶつけていっても、なかなかこれぞという話を耳にで

きなかった。

——おかしいねえ。こんなに手がかりがつかめないなんてこと、今までそんなになかったよ。

気持ちが滅入る。

——まさかと思うが、天が猿の儀介を捕らえるなといっているんじゃないだろうね。

「珠吉、伊助。また河岸を変えるよ」

富士太郎は二人に向かって宣した。

「今度はどこに行きますかい」

興を抱いたような顔で珠吉がきく。

「浅草阿部川町だよ」

「えっ、またあそこに戻るんですかい」

「そういうことだよ。さっきとは刻限がちがうからね。行きかう人もちがってくるよ。もう一度、徹底して聞き込めば、おいらはなにか得られるような気がしてならないんだよ」

「旦那の勘は当たりますからね。わかりました。浅草阿部川町に戻りましょう」

「珠吉、済まないね」

「旦那、なにを謝っているんですかい。仕事のことで、いちいち頭を下げなくていいんですよ。あっしらは、旦那に従うだけですからね」

「そいつはよくわかっているんだけど、つい口にしちまうんだよ。性分《しょうぶん》だねえ」

再び吾妻橋を渡り、富士太郎たちは浅草阿部川町にやってきた。

浅草阿部川町の南から南西にかけては、何軒かの大名家上屋敷をはじめ、多くの武家屋敷が建ち並んでいる。武家屋敷街に入るや、三人はさっそく聞き込みをはじめた。

主に武家屋敷に出入りしている商人から話を聞いていく。

だが、収穫はなかった。武家屋敷街をいったん抜け、寺町を進んで浅草阿部川町を目指し、また聞き込んでいくことにした。

しかし、今回も徒労に終わった。すでに昼の九つは過ぎている。

「おなかが減ったね」

あたりを見渡しつつ富士太郎は腹を押さえた。

「腹ごしらえをしますかい」

富士太郎の眼差しを追って珠吉がきく。

「珠吉、どこかいい店を知っているかい」

「さて、あっしは浅草にはあまり詳しくねえんで……」

「それは意外だね。珠吉なら、浅草の隅々まで知っていると思っていたよ」

「浅草阿部川町なら、おいしい鰻《うなぎ》屋がありますよ」

富士太郎を見つめて、伊助が話に入ってきた。

「ほう、なんていう店だい」

興を惹かれ、富士太郎はすぐさまたずねた。

「冨久家《ふくや》さんです」

あれ、と富士太郎は首をひねった。

「なんか、その名は聞いたことがあるような気がするよ」

「たぶん、湯瀬さまからお聞きになったんじゃありませんか。駿州沼里に本店があるらしいですから」

「ああ、沼里の冨久家さんかい。確かに、直之進さんから何度もうまいと聞かされたよ。沼里城下には外濠《そとぼり》のように狩場川《かりばがわ》という川が流れていて、そこでとれる鰻をつかっている名店だそうだ」

「じゃあ、こっちの冨久家さんもうまいんだな」

これは珠吉が伊助にきいた。

「ええ、とても。さすがに狩場川の鰻は使っていないと思いますが……」

「おいしいんなら、どこの鰻を使っていてもいいよ。よし、さっそく行ってみよう」

富士太郎たちがいたところから一町もない場所に富久家はあった。暖簾が風にふんわりと揺れ、鰻を焼く香ばしいにおいが漂ってくる。それだけで腹がぎゅるると鳴った。

暖簾を払い、中に入ると、いらっしゃいませと元気のいい声が飛んできた。土間に大勢の客が立っていた。二十畳ほどの座敷には二十数人の客が座っている。鰻重を食べ終えてのんびりしている者は一人もおらず、一心不乱に鰻重を食べている者、鰻重が来るのをじっと待っている者がいるだけだ。

「この分では、いつ鰻にありつけるかわからないね」

「じゃあ、やめますか」

「うん、せっかく伊助に連れてきてもらったけど、これでは、いつまた探索をはじめられるか、わからないからね」

富士太郎は厨房を見やった。あるじらしい男と目が合う。

「また来るよ」

「すみません」

あるじらしい男が済まなそうに頭を下げる。

「お待ちしております」

うん、とうなずきを返して富士太郎たちは店の外に出た。

「すみません、まさかあんなに混んでいるなんて、思いもしなかったものですから」

伊助は恐縮しきりである。

「しょうがないよ。気にすることなどない。また来ればいいだけの話さ」

冨久家の斜向《はすむか》いに、こぢんまりとした蕎麦屋《そばや》があった。

「あそこで構わないかい」

小さく指さして富士太郎はきいた。

「もちろんですよ」

珠吉と伊助が声を揃えた。

「蕎麦切りはあっしの大の好物ですからね」

「よく知っているよ。おいらも大好きだよ」

通りを横切った富士太郎は、蕎麦と染め抜かれた暖簾を払った。

しかしながら、あまりおいしいといえる蕎麦切りではなかった。それでも、少なくとも腹は満たされ、やる気がよみがえったような気がした。

――もし鰻を食べていたら、本当にやる気が体中にみなぎっていただろうけどね。

もっとも、浅草阿部川町ならいつでも来られる。

――さっき伊助にいったように、すぐに冨久屋の鰻重は腹に入れられるさ。

心の中で富士太郎は大きくうなずいた。次の楽しみに取っておけばよい。

蕎麦屋を出た富士太郎たちは武家屋敷街のほうには行かず、浅草阿部川町の北を東西に横切っている新寺町通へと出た。

寺町というだけのことはあり、このあたりにはおびただしい寺が連《つら》なっている。新寺町通の北側にも、小禄《しょうろく》の武家の屋敷が集まっている一角がある。

そこを目指して道を北にとったとき、朗々《ろうろう》たる読経《どきょう》が聞こえてきた。胸を圧してくるような迫力があった。

「これは、ずいぶんたくさんのお坊さんが集まっているようだね」

「葬儀を行っているみたいですね」

珠吉は、道の左側に見えている寺の山門に目を当てているようだ。

「これだけの読経が聞こえてくるってことは、相当な身分のお方が亡くなったんでしょうねえ」

道を進むにつれ、読経は大きくなっていく。山門に差しかかった。

足を止め、富士太郎は山門に掲げられた扁額を見上げた。探妙寺という寺だと知れた。

曹洞宗《そうとうしゅう》の寺で、盛大に線香が焚《た》かれているらしく、本堂のほうは白く煙って見えた。線香のにおいが、山門を抜けて道まで漂い出ている。

「これほどの葬儀だ。どこぞの大名のご当主でも亡くなったのかな」

「そうかもしれませんねえ。大勢の人が焼香に詰めかけていますから」

富士太郎は、煙ったようになっている本堂のほうをなんとなく眺めていた。本堂を出、石畳を踏んでこちらに向かってくる一人の男に目を留める。

「あれ」

富士太郎は頓狂《とんきょう》な声を上げた。

「米田屋さんじゃないかい」

男をじっと見て珠吉がうなずく。

「そのようですね」

足早に近づいてきた琢ノ介がこちらを認めたのがわかった。

「おう、樺太郎《かばたろう》ではないか」

右手を上げ、琢ノ介が笑顔になった。

「また呼んだね」

山門をくぐり抜けてきた琢ノ介を、富士太郎はにらみつけた。

「また呼んだってなんだ。樺太郎、なにをそんなに怖い顔をしているんだ」

「またいったね。この豚ノ介《ぶたのすけ》」

「ああ、それか。済まん、済まん。つい癖で」

素直に琢ノ介が頭《こうべ》を垂れた。

「癖っていうのがちょっと引っかかるけど、謝ってくれたから、まあ、いいですよ」

笑みを浮かべて富士太郎は、道をゆっくりと歩き出した琢ノ介に肩を並べた。

「米田屋さんは、こちらの寺には葬儀で来られたのですか」

「ああ、そうだ。焼香を済ませただけだが」

「じゃあ、葬儀を行っていたのは、商売での付き合いがあるお武家ですね」

うん、と琢ノ介が顎を引く。

「高山さまというお大名だ」

「高山家……」

「知らんか。出羽笹高で三万八千石を領している。上屋敷は三味線堀のそばにある」

――三味線堀か……。

この近所にある堀である。一見、池のように見えるが、三味線のような形をしていることから、そういうふうに呼ばれるようになったらしい。水路で東を流れる隅田川とも西にある不忍池《しのばずのいけ》ともつながっていると、富士太郎は聞いている。

「高山さまのどなたが亡くなったんですか」

「当主の堂之介さまが急死されたんだ」

「けっこうな歳だったのですか」

「いや、まだ二十七だった。わしなんかよりずっと若いぞ」

首を振りつつ琢ノ介が眉を曇らせる。

「しかも家督をお継ぎになって、まだ一年ほどだった」

「たった一年で……。それにしても、その若さで、なにゆえ亡くなったのです」

「病らしいが、どんな病なのか、江戸留守居役からは教えてもらえなんだ」

「さようですか。いつ亡くなったのですか」

「昨日の朝、見つかったらしい」

「昨日の朝……。それで高山家は、どなたが跡を継ぐことになるのですか」

「すぐ下に、義之介さまという弟がいる。そのお方が継ぐことになろう」

「それならば、跡継ぎに関して、差《さ》し障《さわ》るようなことにはならないわけですね」

「そうだろうな。もし義之介さまになにかあったとしても、その下には角之介さまという弟が控えていらっしゃるし……」

二人の弟か、と富士太郎は思った。

——まさかと思うけど、その二人が猿の儀介ということはないよね。

「その二人の弟御は、葬儀に来ていましたか」

「義之介さまはいらしていたが、角之介さまの姿は見えなかったな。角之介さまの身になにかあったのだろうか」

左の手と腕に大怪我をしたから、葬儀に出られないというようなことはないだろうか。

「兄弟仲はどうだったか、米田屋さんはご存じですか」

「亡くなった堂之介さまを含め、三人の兄弟仲は、とてもよいという評判だったな。一番下の弟御が葬儀に姿を見せんというのは、よほどのことだ」

力を込めて琢ノ介が断言した。

「さようですか」

うなずいて富士太郎は、角之介という弟にいったいなにがあったのだろう、と考えた。

やはり左腕に傷を負ったがゆえに、葬儀に参列できないのではないだろうか。

「高山家の上屋敷は三味線堀の近くにあるとのことでしたが、下屋敷や中屋敷がどこにあるか、米田屋さんはご存じですか」

「なんだ、富士太郎。ずいぶん高山さまのことを気にしておるな。まさか例の猿の儀介に、高山さまが関わっているというんじゃないだろうな」

「米田屋さん、他言無用にしてくださいね」

琢ノ介に顔を寄せて、富士太郎は声をひそめた。

「いま米田屋さんからお話をうかがって、十分にあり得ることだと、それがしは思っています」

「まことか……」

琢ノ介が言葉を失ったような顔になった。

「それで、高山さまの家中の誰が猿の儀介だというのだ」

「亡くなった堂之介さまの弟二人です」

なにっ、と琢ノ介が叫びそうになった。すぐに声を潜める。

「しかし、大名家の家臣ですら盗賊の真似などせぬだろうに、ましてや当主の弟二人がそこまで愚かなことをするものなのか」

富士太郎を見つめて琢ノ介が疑問を呈する。

「なにか深いわけがあれば、やるような気がしますよ。当主である兄上のためなら、愚かな真似と知りつつも、あえて行うかもしれません」

「深いわけとな……」

歩きながら琢ノ介がつぶやく。面を上げ、富士太郎に眼差しを注ぐ。

「高山家は笹高という土地を領していて、そこでは素晴らしくうまい米がとれるらしい」

「ほう、そうなのですか」

「笹高の米は高値で取引されているらしく、それゆえ高山さまの内証《ないしょ》は豊かといわれているが、実のところ、最近では領内が飢饉と疫病に見舞われているという風評もある。あくまでも風評だが……」

「もしその風評が本当なら、内証は相当、苦しいでしょうね」

「まちがいなくな……」

主家と兄を救うために、二人の兄弟が盗賊になって大金を盗みはじめたということは考えられないか。猿の儀介が義之介で、手下が角之介……。

そういえば、と富士太郎は思い出した。直之進が手下とおぼしき男はまっすぐな目をしていたといっていたが、私利私欲のためでなく、兄や領民のために盗人働きをしていたなら、そういう目をしていても、なんら不思議はないのではないか。

「それで米田屋さん、高山家の屋敷の件ですが……」

一瞬、琢ノ介は戸惑ったようだ。

「ああ、下屋敷と中屋敷がどこにあるか、だったな。中屋敷はどこにあるのか知らんが、下屋敷は本所にあるぞ」

やはりそうか。手応えを感じ取った富士太郎は拳をぎゅっと握り締めた。

「本所で、まちがいありませんか」

「ああ、まちがいない。下屋敷があるのは、本所松倉町だ」

「やはりそうでしたか」

叫びそうになって富士太郎はとどまった。これで、その二人が猿の儀介である可能性は無視できなくなった。

「堂之介さまの二人の弟御は、下屋敷で暮らしているのですか」

「そうだと思う。わしは下屋敷の用人にしばしば世話になっているが、二人の名がたまに出てくるからな」

ついに見つけたよ、と富士太郎は勇《いさ》み立《た》った。あとは本当に高山家の義之介と角之介が猿の儀介なのか、確たる証拠をつかまなければならない。

すぐに、上役の荒俣土岐之助に報告する必要があった。どうすれば町方が大名家の兄弟を捕縛できるか、方策を相談しなければならない。たいていの場合、大名家に町方は手を出せないのだ。

しかも、賊の一人の義之介は今度、高山家の跡を継ぐのである。いろいろと難しいことになりそうだ。

――大目付《おおめつけ》に、すべてを任せることになるかもしれないね。

とにかく、と富士太郎は断固として思った。どんな手を使うことになろうと、猿の儀介を捕まえられれば、それでよい。

厚く礼をいって、富士太郎は琢ノ介と別れた。珠吉と伊助を引き連れて、町奉行所へと急ぐ。

二

意外によく眠れた。目覚めはすっきりしている。

寝床に起き上がり、角之介は伸びをした。ふと腹が減っているのに気づいた。それも当たり前で、腰高障子に日が当たっているが、かなり高い位置から射し込んでいるのがわかる。もう昼を過ぎているのは、疑いようがなかった。

そばに建つ道場からは、竹刀《しない》を打ち合う音や門人たちが発する気合が伝わってくる。午後の稽古が、もうはじまっているのだ。

――この盛んな様子は、昔とまったく変わらぬ。

ここは富岡《とみおか》道場といい、角之介が幼い頃に通っていた剣術道場である。湯島切通町にあり、今もなかなか繁盛しているようだ。

「どれ……」

立ち上がった角之介は刀を腰に差し込み、腰高障子をからりと開けて沓脱石の上の雪駄を履いた。六畳一間しかない離れを出て、道場の裏の出入口から中をのぞき込む。

一目で町人とわかる者たちが大勢、稽古に励んでいた。三十人は優に超えているだろう。

これで夕刻になれば、仕事を終えて稽古にやってくる門人はさらに増えるはずだ。

竹刀の振りが鋭く、明らかに筋がよいと思える者も何人かいる。あの者たちはまちがいなく強くなるだろうが、それも、のちの努力次第であろう。

——岩田屋のあの用心棒は、どれほどの鍛錬を積んだのだろうか……。

あの男は、真剣での戦いにまったく動じていなかったから、相当の修羅場を何度もくぐり抜けてきているはずだ。人を斬ったこともあるのではないか。

何人くらい斬ったのか。数え切れぬほどかもしれぬ、と角之介は思った。ならば自分のような者が、まるで敵《てき》し得ないのも無理はなかった。

——俺が殺したのは加藤屋のあるじだけだ。しかも、後ろからばっさりやったに過ぎぬ。

加藤屋のあるじが音を立てて廊下に倒れ込んだあの瞬間が、くっきりと脳裏に蘇る。角之介は首を横に振り、その情景を心から消した。

再び道場をのぞき込み、門人たちの稽古ぶりをじっと見る。

——それにしても、俺が通っていた頃よりも、ずっと町人が増えたようだな。

町人を入門させせぬと、道場も立ち行かぬ世の中だ。

富岡道場は先代の師範が二年ほど前に病で死に、今はせがれの巻之進《まきのしん》が跡を継いでいる。角之介とは昔から馬が合った。昨夜遅く角之介は母屋に入り込み、しばらく置いてくれるように巻之進に頼み込んだ。ぐっすり眠っていた巻之進は、理由《わけ》もきかずに離れへと案内してくれた。

——我が兄上が亡くなったことも知っていただろうに、なにも触れなかったな……。

むろん角之介が左の手と腕に傷を負っていることについても、きいてこなかった。

不意にその傷がうずいて角之介は、うっ、とうめき声を漏らしそうになった。

道場の出入口から、そっと離れに戻る。

左手を押さえ、床の上に静かに横たわった。この離れにはその昔、師範の叔父が住んでいたという。叔父は剣の天才だったらしいが、早くに病で死んだと聞いた。

――名も知らぬ叔父の霊でもよい。なにか必殺剣を俺に伝授してくれぬだろうか。

角之介は、岩田屋の用心棒に勝てる技がなんとしてもほしかった。どういうわけか、あの男とは、また相まみえるような気がしてならない。

――次はどうしても勝たねばならぬ。同じ相手に三度も後れを取るなど、願い下げだ。頼む、なんとかしてくれ。

祈るように懇願した角之介は右手で腕枕をして、天井を眺めた。再び左腕がずきはじめた。

昨夜は無理をした、と角之介は痛みをこらえながら思った。再び岩田屋に忍び入り、あの用心棒に対決を挑むなど無謀だった。

あの用心棒の迫力に押され、じかに刃を交じえることなく逃げ出したとき、傷口が開いてしまったのだ。この道場に着いたとき、左腕から血が出ていることに気づいた巻之進が晒を巻き直してくれた。

起き上がり、角之介は左腕の袖をめくりあげた。血で汚れた晒越しに傷の様子をじっと見た。

昨夜、巻之進が置いていった焼酎の瓶が枕元にある。汚れた晒を取り去り、焼酎を口に含んで傷口に吹きかけた。

ひどくしみたが、角之介は声を漏らさなかった。新しい晒が部屋の隅に何枚か畳んである。その一枚を取り、左腕に手際よく巻いた。

少し痛みが引いたように感じた。ほっと息をつき、再び寝転んだ。

これからどうするか、角之介は考えた。このまま猿の儀介を演じ続けるべきなのか。

もし自分が捕まれば、高山家は取り潰しの憂《う》き目《め》に遭うだろう。多くの家臣が路頭に迷うことになる。義之介が猿の儀介だったことがばれれば、まちがいなく切腹だろう。首を刎《は》ねられる兄の姿など見たくなかった。

――兄上のいう通り、もうやめたほうがよさそうだ。金も貯まったし……。

昨夜は頭に血が上っていたから義之介に暴言を吐いたが、頭を冷やせば、家が最も大事という思いが自然に湧いてくる。

――よし、明日にでも兄上のもとに行き、すべてを謝ろう。そうすれば、きっと許してもらえるはずだ。

ふと小便がしたくなった。離れをあとにした角之介は道場の裏手にある厠に向かい、左手をかばいつつ小用を足した。やはり左腕が使えないのは不便だ。

手水場《ちょうずば》でまず手を洗い、次に口の中を指で磨いた。大名家に生まれた自分が、まさかこんな真似をする日が来ようとは、夢にも思わなかった。

とにかく口中の気持ち悪さが取れて、気分が少しだけすっきりした。角之介は離れに戻り、またしても床の上に寝転んだ。

目を閉じると、体が実に楽に感じた。このまま眠ってしまおうか。そうすれば、空腹も紛れよう。

「角之介さま」

外から呼ばれた。すぐさま立ち上がり、角之介は腰高障子を開けた。庭に巻之進が立っていた。いかにも遣い手らしく、隙がない立ち姿である。

「腹が空いたのではないかと思い、昼餉を持ってまいりました」

「それは涙が出るほどありがたい」

あまりにうれしくて、角之介は満面に笑みを浮かべた。

「腹が減りすぎたゆえ、また寝ようとしていたところだ」

「それは失礼をいたしました。もっと早く持ってくればよかったですね」

竹皮包みを手にした巻之進が、失礼します、と濡縁に座る。

「角之介さま。どうぞ、遠慮なく召し上がってください」

かたじけない、と頭を下げ、敷居際に座った角之介は竹皮包みを受け取った。

ずしりとした重みがある。

「これは握り飯だな。ずいぶん大きい」

角之介は握り飯から巻之進に目を向けた。

「もしやおぬしが握ったのか」

「その通りです」

笑顔で巻之進が認めた。

「角之介さまのために、それがし、心を込めて握りました」

「それはうれしいぞ」

竹皮包みを開くと、大きな握り飯が三つ並んでいた。塩むすびが一つに、海苔《のり》が巻いてあるのが二つある。

それを目にした途端、角之介の心は懐かしさに包まれた。

「これは師範が昔つくってくれたのと、まったく同じだな。さすがは親子だ」

「ええ、それがしも握りながら思い出していました。父上がつくった握り飯を持って、歳が近い者同士で飛鳥山《あすかやま》へ花見に行きましたね」

「楽しかったな」

「ええ、とても。ときが止まればよいと、それがしは本気で願いました」

「俺もあのときは同じことを思った。それほど楽しかった。師範のつくった握り飯はあまりに大きくて、子供が食べるには難儀だったが、塩むすびは塩が利いており、海苔が巻いてあったのは梅干しがとても酸っぱくて顔をしかめたのを思い出す。だが、どれも目の玉が飛び出るほどうまかった」

「ええ、あの握り飯を食したとき、それがしはこんなにうまい物をつくれる父上が誇らしくてなりませんでした」

「うむ、その気持ちは俺にもよくわかる。まことによい思い出だ。では、こいつをいただくとするかな」

まずは塩むすびを手に取り、角之介はかぶりついた。巻之進の父がつくってくれたのと同様、塩がよく利いている。

「いかがです」

うかがうような顔で巻之進が見ている。

「この顔を見ればわかるだろう」

角之介はにんまりと笑ってみせた。

「おいしいのですね」

「うむ、とてもうまい。こんなにうまい握り飯は久しぶりだ」

塩むすびを平らげ、角之介は海苔が巻いてある握り飯を食した。酸っぱい梅干しが具《ぐ》として入っていた。

「こいつはたまらん。しかし実によい味を出しておる。巻之進、おぬしの親父どのの握り飯にまさるとも劣らぬ」

「畏れ入ります」

たちまち梅干しの握り飯を胃の腑《ふ》におさめた角之介は、二つ目の海苔の握り飯に勢いよく食らいついた。こちらの具は塩鮭だった。脂ののりがよく、ほんのりとした塩味も合っている。鮭の旨味が口中で溶けていく。

「これはよい鮭だ。あまりのうまさに陶然《とうぜん》としてしまうぞ」

「過分のお褒めにあずかり、とてもうれしく存じます」

三つの大きくてうまい握り飯を食べ終え、角之介はすっかり満足した。

「巻之進、かたじけない。おぬしの気遣いが心にしみた」

「いえ、そのような大袈裟なことをおっしゃらずとも……」

「大袈裟などではないさ」

かぶりを振り、角之介は穏やかな目で巻之進を見やった。

「昔は楽しかったな」

「ええ、本当に……」

あの頃は無心で剣に打ち込んでいた。なにも思い悩むようなことはなかった。

昔に戻りたいな、と角之介は心から願った。

「春になったら、また飛鳥山に行きませぬか」

笑顔で巻之進が誘ってきた。

「よいな、是非とも行こうではないか」

そのとき、ふと角之介は思い立った。

「ちと体を動かしてくるとするかな」

「おっ、稽古に出られますか」

楽しげな表情になった巻之進が破顔する。

「いや、そうではない。この界隈に来るのも久方ぶりゆえ、近所を散歩でもしようかと思ったのだ。腹ごなしにもなるしな」

「それはよいですね。さすがに傷に障ることはないでしょうが、それがし、角之介さまのお供をつかまつります」

「巻之進、稽古に出ずともよいのか」

「それがしより、よほどしっかりした師範代がおりますので」

笑顔で巻之進が請け合った。

角之介は巻之進とともに外に出て、ぶらぶらと散策をはじめた。

「今日は暖かいな」

角之介はどこか霞んだような空を見上げた。

「ええ、まったくです。だいぶ春が近づいてきているのがわかります。鳥たちも、それを察して喜んでいるように見えます」

「ああ、飛び方に勢いがあるし、さえずり方に元気があるな」

穏やかな陽射しを浴びて歩いていると、気持ちが伸びやかになる。

——やはりこの町はよいな。俺はこの町で育ったようなものだからな。故郷も同然だ。俺も湯島切通町に住処を構えてみるか。

そんなことを思ったとき、角之介は妙な気配を覚えた。体が小さくぴくりと動く。

——なんだ、これは。

角之介は足を止め、背後に目を向けた。

「角之介さま、どうされました」

「いや、なにか眼差しを感じた」

「えっ。さようですか。後ろからですか」

「そうだ。巻之進は感じぬか」

「はい、別段なにも……」

巻之進が付近に目を配る。その目の鋭さは、遣い手のものとしかいいようがない。

「角之介さま、どのような眼差しを感じられたのですか」

「よからぬ者が俺を見ているような、そんな気がしたのだが」

「よからぬ者……。命を狙われているような感じですか」

「いや、一瞬だったゆえ、そこまでのものだったかはわからぬ」

「今もその眼差しを感じますか」

どうだろうか、と角之介は精神を集中した。

「今はもう感じぬ」

「さようですか」

巻之進が改めてあたりに目をやる。

「巻之進、戻るとするか」

なんとなく興醒《きようざ》めし、角之介は道場への道をたどりはじめた。

いったん道場に戻り、夜になってから巻之進とともに近所の湯屋に向かった。散歩の際に感じた眼差しのこともあり、角之介は油断しなかったが、結局のところ何事も起こらず、無事に湯屋に着いた。

湯屋に来るのはいつ以来か、わからないくらいだったが、町人たちと一緒に薄暗い湯船に浸かるのは、心躍るものがあった。

むろん左手は湯に浸からないように上げたままだが、庶民の暮らしも悪くない、と角之介は頭に手ぬぐいをのせながら思った。窮屈な大名家の暮らしとは、比べものにならないほど自由ではないか。

——兄上には明日、詫びを入れに行くが、それきりだ。俺はこれからただの浪人として生きていく。

もっと早くからそうしていればよかったが、それに気づけただけでも、巻之進のもとに来た甲斐があった。

湯屋ですっかりのんびりした角之介は道場への帰路、巻之進とともに煮売り酒屋で食事をとった。酒は飲まなかったが、田楽《でんがく》のあまりのうまさにびっくりした。

——庶民として暮らせば、これまで食べたことがないようなうまい物にありつけるぞ。

それが角之介は楽しみでならなかった。巻之進が警固役を買って出てくれたおかげで何事もなく角之介は道場に戻り、離れに入った。最後まで巻之進が見送ってくれた。

「では巻之進、明日また会おう。午後の稽古は俺も出られるかもしれぬ」

「それは楽しみです。門人たちも角之介さまと一緒に稽古ができれば、喜びましょう」

失礼いたします、と頭を下げて巻之進が去っていった。

巻之進が用意してくれた搔巻《かいまき》を着て、角之介は床の上に横になった。昼間の眼差しのこともあり、刀を抱いたまま眠るつもりでいる。行灯を吹き消すと、離れの中が一瞬で暗くなった。

そっと目を閉じる。今宵が俺の新しい人生のはじまりだ、と角之介は思った。

その興奮があまりに強く、寝つけないかもしれぬと考えたが、杞憂《きゆう》でしかなかった。角之介は、あっさりと睡魔に引き込まれていた。

どのくらい眠ったものか、角之介は眠りの海から解き放たれたのを感じた。目を開ける。一瞬、自分がどこにいるか、わからなかった。そうか、と思い出した。ここは巻之進の道場の離れだ。

ぐっすりと眠っていたのに、なにゆえ目が覚めたのか。

おそらく、と角之介は慄然《りつぜん》として思い、顔を歪《ゆが》めた。肌がなにかの気配を感じ取ったのだ。

なんの気配なのか。昼間の眼差しの主が、近くにやってきたのではないか。それしか考えられない。

――いったい何者だ。

思案をはじめた瞬間、誰かが近くにひそんでいるのが知れた。すぐそばでうずくまるようにし、こちらの様子をじっとうかがっているらしい。

――まさか、もうここまで近づいているとは……。

容易ならぬ、と思いながら寝返りを打ち、角之介は刀の柄《つか》を握り締めた。いま近くにいる何者かは、角之介の背中を目にしているはずだ。

いったいいつ襲いかかってくるのか。精神を一統《いっとう》し、角之介は相手の気配を必死で探った。少しでも間合を計りそこねたら、死が待っている。

不意に、殺気が巻き起こったのを角之介は感じた。さっと起き上がりざま、右手で刀を引き抜いた。躍りかかってきた影に、片膝立ちになって相対した。影の得物《えもの》も刀のようだ。闇夜に白刃《はくじん》がきらめく。咄嗟に体をひねり、角之介は頭を下げた。びゅんと風を切って、刀が頭上をかすめるようにして通り過ぎていく。同時に角之介は右手一本で刀を振り抜いた。

なんの手応えもなかった。だが、斬ったという実感があった。

どさりと音がし、何者かが畳に倒れ込んだ。ぴくりとも動かない。息絶えているようだ。

——一撃で殺せたか。岩田屋の用心棒のおかげだな。

あの男の刀の速さを身をもって知ったおかげで、襲ってきた者の斬撃が鈍《にぶ》いものに感じられたのだ。

角之介は行灯に火を入れた。今夜は手に震えはなく、たやすく明かりをつけることができた。

黒ずくめの男が、体から血をどろりと流して横たわっている。

角之介は手を伸ばし、返り討ちにした賊の頭巾をはいだ。顔をじっと見る。目を開いていた。この男は、まさか今夜、死ぬとは思っていなかったのではないか。

――それにしても、いま俺はなにかをつかんだのではないか……。

必殺剣を我が物にする示唆を得たような気がする。

しかし、すぐに角之介は我に返った。

――これは何者なのか。

決まっている。

――殺しをもっぱらにする者だ。

無残な死骸を見つめて、角之介は確信を抱いた。

――おそらく兄上が、俺を殺すために差し向けた男であろう。ほかに考えられぬ。

兄なら、この道場に俺が身を寄せると読むだろう。

――いくら家を守るためとはいえ、まさか実弟の命を狙ってくるとは……。兄上は俺よりも家が大事なのだな。

その気持ちはよくわかるが、角之介は怒りを抑えられなかった。猿の儀介はもうやめるつもりでいた。仮に盗賊として町奉行所に捕まったとしても、なにもしゃべる気はなかった。どんな責めを受けようと、一切白状せず、無宿人として死んでいくつもりだった。

――だが、それもやめだ。兄上がその気なら、俺にも考えがある。高山家の疫《やく》病神《びょうがみ》になってやる。

唇を嚙み締めて角之介は心に決めた。

「角之介さま」

外から呼びかけてきた者があった。

「巻之進か」

腰高障子に歩み寄り、角之介はするすると開けた。すぐ間近に立った巻之進が角之介を見つめていた。

さすがに遣い手だけのことはあり、何事かが離れで起きたことを気配だけで察したのだろう。

「これはいったい……」

畳に横たわる死骸を見て、巻之進が息をのんだ。呆然として、言葉を失っている。

「こいつは殺し屋だ」

すかさず角之介は説明した。

「殺し屋ですと」

信じられぬという思いを露わに、巻之進が絶句する。

「なにゆえ殺し屋が……」

巻之進が、喉の奥から絞り出すような声を発した。

「決まっている。俺を殺しに来たのだ」

「誰が差し向けたのです。角之介さまに心当たりはありますか」

「ある。だがそれについては、おぬしにはいえぬ」

「さようですか」

ふう、と角之介は息をついた。

「巻之進、迷惑をかけてまことに申し訳ないが、ここに骸があることを番所に届け出てくれぬか」

「よいのですか。この骸を庭に埋めるという手もありますが。それで、なにもなかったことにできます」

角之介がわざわざ語らずとも、巻之進は、兄弟のあいだでなにかが起きたことをすでに覚ったような顔をしていた。

「いや、そのような真似はせんでよい。庭に埋めたところで、人の口に戸は立てられぬ。いずれ事は露見しよう。それよりも、番所の役人になにがあったか、正直に伝えてもらったほうがありがたい。俺は別に悪いことをしたわけではない。この男に襲われたゆえ、返り討ちにしただけだ」

黙って聞いていた巻之進が顎を引いた。

「わかりました」

巻之進は少し辛そうな顔をしている。

「済まぬな、巻之進」

深々と低頭してから、角之介は離れをあとにした。

「角之介さま、どちらに行かれるのですか」

巻之進に問われた角之介はぴたりと足を止め、さっと振り向いた。巻之進が悄然《しょうぜん》として立っている。その姿を目の当たりにした角之介は寂しさがこみ上げてきた。

――せっかく市中でのんびり暮らそうと思ったのに、なにゆえこのような仕儀になったのか。

だが、これも天が下した運命なのだろう。

――人を殺した者は、まともな暮らしを送れぬということか……。

「まだ決めておらぬ。これからすべきことは決めているが……」

「角之介さま、なにをなさるのですか」

「それもいえぬ。済まぬ」

巻之進に謝ってから、角之介は足早に富岡道場を離れた。

三

早朝、富士太郎は完太郎のおしめを替えていた。

――こんなことをしていると、また伊助が来るんじゃないかねえ。

富士太郎にはそんな予感があった。

そこに智代がやってきて富士太郎に告げた。

「伊助さんがいらっしゃいました」

「えっ、本当かい」

まなこを思い切り見開いて、富士太郎は智代に質した。まさか予感が当たるとは思っていなかった。

「ええ、本当です。いま勝手口にいらっしゃいます」

完太郎のことを智代に頼み、富士太郎は台所に向かった。昨日の朝と同じように、伊助が敷居際に立っていた。

「こっちにおいで」

台所の中に招き寄せて、なにがあったんだい、と富士太郎はきいた。

「殺しです」

険しい顔で伊助が答えた。

「殺しだって。まさか猿の儀介が関わっているんじゃないだろうね」

「それについては申し訳ないですが、手前にはわかりません」

それはそうだろうね、と富士太郎は思った。伊助は殺しが起きたことを伝えに来ただけで、詳しい事情はまったく知らないのだ。

「よし、すぐに行くとしよう。伊助、ちょっと支度してくるから、門のところで待っていてくれるかい」

「承知しました」

真冬が舞い戻ってきたかのような冷たい風が吹きつける中、富士太郎は伊助の先導で、湯島切通町にある富岡道場という剣術道場に向かった。

白い息を吐きつつ到着すると、珠吉と三人の町役人が富士太郎たちを出迎えた。

「珠吉、ずいぶんと早いね」

少し驚いて富士太郎が声をかけると、まじめな顔を崩さず珠吉が口を開いた。

「年寄りは早起きなんですよ」

「特に珠吉は早いんだったね」

額に浮いた汗を、富士太郎は手ぬぐいで拭《ふ》いた。背中の汗もぬぐいたかったが、その術《すべ》はない。

「殺しと聞いたけど、この道場のどこで人が殺されたんだい」

富士太郎は珠吉に質した。町役人の一人が前に出る。

「こちらです」

その町役人の案内で、富士太郎は道場の敷地内に建っている一軒の離れに赴いた。

六畳間が一間だけの離れに、黒ずくめの男が、どろりとした血を流して横たわっていた。右手に刀を握り締めている。

――黒ずくめかい。この仏は猿の儀介じゃないのかい。

「この骸が誰なのか、わかっているのかい」

富士太郎は町役人にきいた。

「いえ、まだわかっておりません」

かしこまった町役人が、済まなそうに頭を下げる。

「この道場のあるじは、どこにいるんだい」

「ここにおります」

一人の男が富士太郎の前に出てきた。まだ若い。二十歳をいくつも出ていないだろうが、この若さにもかかわらず、いかにも遣い手という雰囲気を身にまとっていた。

――若い頃の直之進さんも、こんな感じじゃなかったかね。

もっとも、今の直之進は本当の歳よりもずっと若く見える。自分もああいうふうになりたいものだよ、と富士太郎は思っている。

「それがしは、当道場の富岡巻之進と申します。師範をつとめております」

富士太郎に向かって巻之進という男が丁寧に頭を下げる。会釈して富士太郎も名乗り返した。

「それでどういうことが起きたのか、富岡どの、詳しい事情を話していただけますか」

「承知いたしました」

唇を湿らせてから、巻之進が訥々《とつとつ》とした口調で語りはじめた。

話を聞き終えた富士太郎は、驚愕せざるを得なかった。なんといっても、昨日、上役の土岐之助に高山家の義之介と角之介という兄弟が猿の儀介ではないかと報告したばかりなのに、今の巻之進の話では、三男坊の角之介がこの黒ずくめの男を斬り殺したというのだ。

昨日の堂之介の葬儀に角之介が出なかったのは、ここにいたからだろう。

「角之介さまが斬り殺したこの男は、おそらく殺し屋です」

確信を感じさせる声音で巻之進が告げる。

「殺し屋だって……」

眉をひそめて富士太郎は巻之進を見つめた。

「高山家の三男の角之介さまが、なにゆえ殺し屋に狙われたのか、富岡どのはわけを知っていますか」

いいえ、と巻之進がかぶりを振る。

「わけは存じませぬ。それがしは角之介さまから、番所にこの男を返り討ちにしたことを届け出るようにといわれました。その言葉に従ったまでです」

「角之介さまは、今どこにいるのですか」

「わかりませぬ」

少し無念そうに巻之進が首を横に振った。

「昨夜、この離れでなにがあったか語られたあと、後事《こうじ》をそれがしに託して出ていかれました」

「角之介さまがどこに行ったのか、心当たりはないのですね」

巻之進が悔しげに眉根を寄せた。

「それがしも行く先が気にかかり、どちらに行かれるのか、きいたのですが、残念ながら教えてもらえませんでした」

巻之進が嘘をついているようには、富士太郎には見えなかった。

「この死骸が殺し屋だと、なにゆえそのことがわかったのですか」

「角之介さまがそうおっしゃったからです」

「この男が殺し屋だと、角之介さまはいったのですか」

「さようです」

富士太郎をじっと見て、巻之進が深いうなずきを見せる。

「この男が誰に頼まれたか、角之介さまはなにかいっていましたか」

「いえ、なにも……」

うつむき気味に答えた巻之進の歯切れは悪い。すぐさま富士太郎は考えた。

――富岡どのには、どうやら見当がついているようだね。

ならば自分にもわかるのではないか。大して思案することもなく、答えはすんなり出た。

――高山家の当主となる義之介が差し向けたのではあるまいか。

義之介と角之介の兄弟仲はよいという話だったが、大名家の家督に猿の儀介の一件が絡んでくるとなれば、また話はちがってくるのだろう。

「富岡どの、角之介さまは左腕を怪我していましたか」

「はい、怪我しておられました。ですので、よくこの殺し屋に勝てたものだと、それがしは思いました」

――やはり角之介は左腕に怪我していたんだね……。

つまりこういうことかな、と富士太郎は筋道を立てた。死んだ堂之介に代わり、次男の義之介が高山家の家督を継ぐ。当然のことながら、義之介は猿の儀介はやめなければならない。

それが原因で角之介ともめたのかもしれない。角之介のほうは盗みをやめたくない。二人の話し合いは決裂し、角之介は下屋敷から姿を消した。

しかし義之介としては、角之介にどうしても盗みをやめさせなければならない。もし角之介が捕まれば、高山家はおしまいだからだ。

角之介が捕まる前にこの世から除いてしまえば、後顧《こうこ》の憂いはない。そう考えた義之介は、殺し屋に角之介殺しを依頼した。

そのときには角之介の居場所の見当がついており、それを殺し屋に伝えた。殺し屋は富岡道場に入り込み、この離れに忍び込んできた。だがいち早く殺し屋に気づいた角之介が返り討ちにした。

この考えに誤りはないという確信が富士太郎にはあった。

それにしても、角之介はどこへ行ったのか。巻之進が知らないといっているのは、まず偽りではないだろう。

——どこを捜せば、角之介を見つけることができるだろうか。

思案してみたが、角之介のことなどまったく知らない自分に答えが出るはずもなかった。

だからといって、考えるのをやめるわけにはいかない。なんとか知恵を絞らなければならなかった。

そのとき、ふとこちらを見ている目を富士太郎は感じ取った。顔を向けると、塀の向こうに一人の若い男が立ち、じっとのぞき込んでいた。

かなりの長身だが、あれはなにか事件が起きたことを知った野次馬の一人だろうか。

――いや、ちがうような気がするよ。目があまりに真剣だもの。

髷《まげ》の形から、男が侍であるのが知れた。

――どこの家中の者かな……。この界隈の者だろうか。

なんとなく不審を覚え、富士太郎は侍に近づいていった。話を聞こうと思ったのだ。しかし、近づく富士太郎に恐れをなしたかのように、若い侍はあわてて体《たい》をひるがえした。

――あっ、逃げる気かい。

そうはさせじ、と富士太郎は一気に塀に近寄った。塀に手をかけ、よじ登る。逃がすもんかい、と思いながらひらりと塀を乗り越える。そのつもりだったが、実際には、どた、という重い音が立った。

少し足をひねったようで、足に痛みが走った。構うもんかい、と富士太郎は道を走り出した。

旦那、と叫んで珠吉が続こうとする。

「珠吉、やめておきな」

振り向いた富士太郎は、塀の上の珠吉に鋭く命じた。

「年寄りが無理をしたら、足をくじいちまうよ」

だが、その声が届かなかったのか、珠吉が塀から飛び降りた。あっ、と富士太郎は声を上げた。しかし、珠吉は平然とした顔でこちらに走ってくる。

——なんだい、おいらとちがってどこも痛めなかったのかい。歳なのに、相変わらず大したものだね。やはり珠吉は、鍛え方がおいらなんかとは、ちがうのかねえ。

ほっと胸をなでおろした富士太郎は、走りながら前を向いた。

若い侍の姿はかなり遠くに見えていた。すでに一町以上は差をつけられている。

ずいぶん足が速いね、と富士太郎は思った。富士太郎も足には自信がある。速さで人よりまさっていたから、逃げる罪人を捕まえることができたのだ。しかし、あの侍は富士太郎とは比べ物にならない速さを誇っている。

三町ほど追いかけたところで、角を曲がったらしく、若い侍の姿はまったく見えなくなった。これ以上は追っても無駄としか思えなかった。

くそう、と内心で毒づいて富士太郎は足を止めた。ぜえぜえとひどく息が荒い。両膝に手をついて息をととのえていると、珠吉と伊助が追いついてきた。

「逃げられちまったよ」

顔を歪めて富士太郎は二人に告げた。

「あの侍は何者ですかい」

首を傾げて珠吉が問うてきた。あまり息を切らしてはいない。それは伊助も同じである。

こんなにも息が上がっているのはおいらだけかい、と富士太郎は情けなかった。鍛え直さなきゃ駄目だね、と心から思った。

「それが、おいらにもわからないんだよ。あの侍は、道場の塀越しに離れをじっと見ていたんだ」

「野次馬ではないんですね」

「野次馬なら、なにも逃げ出さなくてもいいからね。それに、あそこまで真剣な目をせずともいいはずだよ。富岡道場でなにが起きたか、必死に探り出そうとする顔つきだったよ」

ふう、と富士太郎は息をついた。

「逃がしてしまったものは、しようがないね。いったん道場に戻ろうかね。福斎《ふくさい》先生が来ているかもしれないし……」

福斎は、富士太郎が常に検死を頼んでいる医者である。普段は町医者を営んでいるが、検死の腕は確かで、富士太郎は心から頼りにしていた。

富岡道場に戻ってみると、福斎が助手とともに来ており、骸の検死をはじめていた。

「ご苦労さまです」

富士太郎は福斎の背中に声をかけた。骸から顔を上げた福斎が振り向く。

「ああ、富士太郎さん、おはよう」

富士太郎も挨拶を返した。

「もう検死の結果は出ましたか」

骸を見つめて富士太郎は福斎にたずねた。

「もうおわかりでしょうが、この仏の命を奪った得物は刀です。仏は、すぱりと腹を斬られています。一閃《いっせん》というやつですね。下手人は相当の手練《てだれ》でしょう」

直之進の言から、猿の儀介の手下がかなりの遣い手であるのはわかっている。その手下が角之介なら、殺し屋を一撃で返り討ちにしても、なんら不思議ではない。

――なんとしても、角之介をこの手で捕まえたいねえ。

どうすれば角之介の居場所を見つけられるか、富士太郎は再び思案したが、答えを得ることはできなかった。

――こんなこともわからないなんて、おいらは無能なのかねえ。いや、そんなことはないよ。おいらはできる男だよ。小さい頃から母上にいわれてきたじゃないか。母上が嘘をつくはずがないよ。

ふと、ひらめくものがあった。そうか、と富士太郎は思った。殺し屋を差し向けてきたのが兄の義之介だと、角之介は気づいている。

――だとしたら、角之介の行き先は一つじゃないか。

「珠吉、伊助」

富士太郎は二人を呼んだ。

「今から高山家の上屋敷に行くよ」

「わかりました」

富岡道場を出た富士太郎たちは、三味線堀を目指して走りはじめた。

高山家の上屋敷に着いたときには、さすがに息も絶え絶えになっていた。さすがの珠吉も荒い呼吸がなかなかおさまらない。

上屋敷の表門は開いていた。門衛に話を聞くと、殿の義之介は行列を組んで千代田城に向かったという。

富士太郎たちは、今度は千代田城に向けて駆けはじめた。

四

座敷の上に置かれた床几《しょうぎ》に腰かけて、義之介は目を閉じた。

昨日の葬儀の際、目の当たりにした兄、堂之介の死顔が思い浮かんだ。

無念そうな顔をしていた。病で死んだのではなく、自死であることを江戸家老から伝えられた。

なにゆえ堂之介は死を選んだのか。江戸家老も江戸留守居役も、そのあたりの事情は知らなかった。自裁する前日、老中首座の堀江信濃守和政と会ったことだけは知っていた。

――下屋敷に兄上が見えた日だ。確かに老中とお目にかかったとおっしゃっていた。どこか苦しそうなお顔をされていたが、老中になにをいわれたのだろうか。

わからないが、死を選んだのはきっと老中首座と会ったことと無関係ではあるまい。どうすればそれを確かめられるか。

――今日、きいてみるしかなかろう。

腹に力を入れ、義之介は決意した。すると、思いが角之介に向かった。重いため息が口から漏れ出る。

もしかすると、と義之介は思った。角之介はもうこの世にいないかもしれない。そう考えると、涙があふれてしまいそうだ。

だが、とも思う。殺し屋ごときが果たして角之介を殺《や》れるものなのか。義之介には、はなはだ疑問だ。

岩田屋の用心棒にはまるで歯が立たなかったが、角之介が相当の剣の遣い手なのは、正真正銘の事実である。

――きっと角之介はまだ生きておる。まちがいない。

ただの勘でしかないが、幼い頃から子犬のようにじゃれ合って育った仲である。角之介がまだこの世にいるかどうかなど、肌で感じ取れる。

――生きているのなら、角之介は俺の命を狙ってくるであろうな。

そのとき角之介をどうするか。返り討ちにするべきか。

だが、角之介を討てる者が家中にいるのか。それは相当に怪しい。

ならば、と義之介は考えた。

――俺が討たれてしまうのがよいか。

そのほうが、後腐《あとくさ》れがないような気がする。しかし、もしそのようなことになれば、高山家は取り潰しになるだろう。

大勢の家臣は住む家を失い、途方に暮れるしかなくなる。

――やはりそれは避けねばなるまい。

であるなら、と義之介は決断した。角之介は殺すしかない。そう思うだけで、また涙が出そうになった。

なにゆえ兄弟で命の奪い合いをするような羽目《はめ》に陥ったのか。

義賊を気取って盗みをはじめたのが、まちがいの元だったとしか考えようがない。

その上、なにを血迷ったか、用人の田ノ上陸作に頼んで、角之介に殺し屋を放ってしまった。

――俺はなんという過ちを犯してしまったのか。ときが戻ればよいのに……。

だが、覆水盆《ふくすいぼん》に返らずの格言通り、一度したことは決して取り返しがつかない。

――このまま前に突き進むしか道はないのか。ないのであろうな……。

「殿」

襖越しに陸作の声が響いてきた。

「お支度はととのいましたか」

「うむ、ととのった」

凜とした声をつくって義之介は答えた。三人の小姓に手伝わせ、いつでも登城できる着衣をすでに身に着けている。

「失礼いたします」

音もなく襖が開き、陸作が顔を見せた。義之介に瞬きのない目を当てる。力が抜けたように、にこりとした。

「この上ないお姿でございます。ご老中にもきっと気に入られましょう」

今日、義之介は千代田城に行き、老中の一人の結城和泉守《ゆうきいずみのかみ》に会う手はずになっている。和泉守は将軍の気に入りといわれており、義之介が高山家の跡取りとして将軍に目通りする際、注意すべきことなどを教えてくれることになっていた。

「殿、四半刻後に出立《しゅったつ》いたします。よろしいでしょうか」

「うむ、心得ておる」

「では、刻限になりましたら、お迎えにあがります。どうか、このままお待ちください」

一礼して陸作が部屋を去っていった。喉の渇きを覚えた義之介は小姓に茶をいれてもらい、ちびりと飲んだ。緊張しているせいか、今日の茶は苦く感じられた。

そこにまた陸作がやってきた。今度は血相を変えている。

「なにがあった」

いぶかしさを感じ、すかさず義之介は声をかけた。三人の小姓を気にしているらしく、陸作がいいにくそうにしている。

「そなたらは下がっておれ」

義之介は三人の小姓に退出を命じた。はっ、と小姓たちが次々に部屋を出ていく。

「望み通り、人払いはしたぞ。陸作、なにがあった」

もっとも、義之介にはすでに見当がついていた。小腰をかがめて陸作が義之介に寄ってきた。ささやき声で伝える。

「どうやら、しくじったようでございます」

「そうか……」

やはりという思いしかなく、義之介に驚きはなかった。

「殺し屋は角之介さまに返り討ちにされたようにございます」

「いま角之介がどうしているか、わかっておるか」

「いえ、それがわかりませぬ。角之介さまは行方知れずでございます」

「陸作、殺し屋がしくじったこと、なにゆえわかった」

「我が田ノ上家の家士に、殺し屋がうまくやったかどうか、富岡道場を探らせたのでございます。すると、殺し屋とおぼしき男が離れにおいて返り討ちにされたという話を聞き込みました。それが本当かどうか、その家士が道場内を塀越しにのぞいていたところ、町方同心に見咎《みとが》められました。あわててこちらに戻ってまいりました」

「その家士は町方に捕まらなかったのか」

「なんとか振り切って、逃げおおせました」

「そうか。殺し屋がしくじったのなら、角之介は余の行列をまちがいなく襲うであろうな」

「はっ、十分に考えられます。でき得る限りの人数で、行列の警固に当たらせます」

「それでよい。とにかく、余は千代田城に行かなければならぬ。ご老中との面会を、我らの都合で取り消すわけにはいかぬ」

「それがしも重々承知しております。角之介さまがどのような挙に出るかわかりませぬ。警固は、とにかく厳重なものにいたします」

「頼むぞ」

「お任せください」

義之介を凝視し、陸作がきっぱりと答えた。これまで下屋敷の用人という閑職にすぎなかったが、義之介が高山家の当主になることで、一気に出世の見込みが出てきたのだ。

こんな状況で張り切らない者など、そうはいないだろう。

「行列の支度は、もうできているのか」

義之介は陸作に問うた。

「はっ、できております」

「ならば、出立しようではないか。途中、もし角之介が襲ってきたら、仮に討ち果たしたとしても、千代田城に着くのが遅れるかもしれぬ。それは、なんとしても避けたい」

「おっしゃる通りでございますな。では殿、さっそくまいりましょう」

玄関につけられた駕籠《かご》に、義之介は乗り込んだ。駕籠を中心にした行列が動きはじめる。

警固の侍の数だけで五十人に及んだ。総勢で八十人近い人数にふくれあがった行列は、上屋敷を出て千代田城を目指した。

――どれだけ用心しようと、必ずや角之介はやってくるだろう。

案の定というべきか、義之介が駕籠に乗り込んで四半刻ほどたったとき、外から騒ぎが聞こえてきた。いくつもの悲鳴が重なり、怒号があたりにこだまする。

宙に浮いたまま駕籠が、その場でぴたりと止まった。

「殿、角之介さまがあらわれました」
慌てた声で陸作が伝えてきた。
「決してお顔は出されますな」
だがその言葉に逆らうように、義之介は引き戸を開けた。
驚いたことに、すでに間近に角之介が迫っていた。警固の侍たちは、刀を振る
う角之介にあっさりと蹴散らされていた。
やはり角之介に敵する者は家中にいないのだ。供の者たちはひたすら右往左往
するのみで、角之介の前に立ち塞がる者は一人もいなかった。
「高山義之介っ」
怒鳴り声を発し、角之介が駕籠をめがけて斬りかかってきた。義之介の目の中
で、白刃が一気に大きくなった。
殺られる、と義之介は目を閉じた。これも運命であろう、と迫りくる死をすん
なりと受け入れる気になった。
だが、がきん、という音が鋭く耳を打った。目を開けると、駕籠のそばで陸作
が刀を振り上げていた。
「邪魔をするな」

角之介が怒りの声を上げ、陸作に向かって刀を振り下ろしていく。必死の顔つきの陸作が、角之介の斬撃を刀で弾き返す。ぎん、とまたしても耳障りな音が立った。

まさか陸作がそこまでやれるとは思っておらず、義之介は目をみはるしかなかった。大した遣い手ではないか。

だが、そうはいっても角之介のほうが業前《わざまえ》は上のようで、すぐに陸作が押されはじめた。

「ここはそれがしが支える。今のうちに駕籠を走らせよ」

刀を必死に振って、陸作がかすれ声で陸尺《ろくしゃく》たちに命じた。はっ、と応じて陸尺たちが駆けはじめた。

駕籠が上下左右に激しく揺れ、義之介は転がり落ちないように耐えるしかなかった。

やがて千代田城の大手門が見えてきた。大手門の手前に一本の橋が架かっているが、その手前が下馬所になっており、高山家など十万石に満たない小大名は、そこで駕籠を降りなければならない。

そのあたり、さすがに陸尺たちは心得たもので、命じずとも駕籠が橋の前で止まり、地面にそっと下ろされた。

義之介は引き戸から顔をのぞかせて後ろを見てみたが、角之介の姿は見えない。陸作の奮戦の甲斐あってか、追いすがってきていない。

陸作は無事だろうか、と気になったが、今は千代田城内に入るのが先であろう。

駕籠を出て、義之介は急いで橋を渡った。江戸家老を含めた四人の供だけを連れて大手門をくぐり、千代田城内を進む。

ここまで来てしまえば、角之介も追跡をあきらめるしかないだろう。

――もし陸作があれほどの戦いぶりを見せなければ、俺はまちがいなく死んでいた。難を逃れられたのは、陸作のおかげだ。

千代田城の大玄関の前に出た。ここからは四人の供を残し、義之介一人で行くことになる。脇差のみ帯びて、大勢の者でごった返す大玄関に入っていく。

大玄関のそばに控えていた茶坊主に声をかけて名乗り、老中の結城和泉守と面会の約束がある旨を伝えた。

小判入りの紙包みを茶坊主に渡すと、待合部屋に連れていかれ、そこで出された茶を喫《きっ》して、呼び出されるのを待った。

一刻以上も待たされて、ようやく面会の運びとなった。先ほどと同じ茶坊主に別の部屋に連れていかれ、そこで身じろぎせずに端座《たんざ》していると、結城和泉守がやってきて目の前に座した。

畳に手をつき、義之介はひれ伏した。

「高山どのでござるな」

「はっ。高山義之介でございます」

義之介はかしこまり、改めて辞儀した。和泉守がじろじろと見てくる。

「高山どの、なにやら顔色が悪いように見えるが、余の勘ちがいであろうかの」

「いえ、そのようなことはございませぬ。実は、乱心者に我が行列が襲われましてございます」

「なんと」

眉根を寄せ、和泉守がとげとげしい顔つきになった。

「一体、何人の乱心者に襲われたのでござるか」

「一人でございます」

「ただの一人なら、供の者が取り押さえたのでござろうな」

「いえ、取り押さえておりませぬ」

身を縮こまらせて義之介は告げた。

「たった一人の乱心者を、供の者が取り押さえられなかったといわれるか」

和泉守が呆れたような顔になる。

「乱心者とはいえ、相当の遣い手でございましたゆえ……」

義之介の声はか細くなった。

「乱心者が遣い手とは、いったい何者が高山どのを襲ったのでござるか」

「それが一向にわかりませぬ」

下を向いて義之介は答えた。ここはしらを切るしかない。

「さようか。もし次にその乱心者が襲ってきたら、必ず取り押さえるのが肝心。府内《ふない》を騒がす者は、すべて首を刎ねてしまわねばならぬ。高山どの、おわかりか」

「はっ、よくわかりましてございます」

それから和泉守が威儀を正し、将軍に目通りする際に注意すべきことを伝えてきた。

そして、これが本題で、義之介はありがたく拝聴した。

日を改めて将軍に目通りすることが決まった。これで和泉守との面会は終わりのはずだったが、高山どの、と呼ばれた。

——ああ、そうであった。俺からも、御老中にきかねばならぬことがあった。ちょうどよかった。

「兄上の下野守どのは残念でござった」

和泉守は沈痛な表情をしていた。

「兄上は病で亡くなったということだが、それはまことではないな」

和泉守がずばりといってのけた。それを聞いて義之介は驚愕した。なにゆえそのことを和泉守は知っているのか。

「下野守どのは、死の前日、老中首座の堀江信濃守さまに呼びつけられていた。それはご存じか」

「はっ、存じております」

自然に義之介の目は険しいものになった。その眼差しを平然と受け止めて、和泉守が話を続ける。

「下野守どのが信濃守さまとなにを話したか、聞いておられるか」

「いえ、そこまでは存じませぬ」

さようか、と和泉守がうなずいた。

「下野守どのは信濃守さまから無理難題を押しつけられたのでござる」

「無理難題というと、どのようなことでございましょう」

「この前、爆薬ですべての建物を壊された浅草御蔵の再築でござるよ」

「えっ、浅草御蔵の再築を、堀江信濃守さまは我が家にお命じになったのでございましょうか」

「そういうことにござる」

「兄上は受けたのでございますか」

「老中首座に命じられて、拒《こば》める者などおらぬ。拒むとしたら、手は一つしかござるまい」

そこまで聞いて義之介は覚った。

——兄上が命を絶ったわけは、これだったのか……。

堂之介は命を賭《と》して高山家を守ろうとしたのだ。当主が身罷《みまか》ったとなれば、いくら堀江信濃守が酷薄であろうと、さすがに浅草御蔵の再築の件は引っ込めざるを得まい。

あまりのことに、義之介は涙が出そうになった。

「あの、一つうかがいたいのですが」

なんとか言葉を絞り出した。

「なんなりと」

「浅草御蔵は多くの建物がございましたが、あれらすべてを我が高山家のみで再築せよ、とお命じになったのでございましょうか」

「それはあり得ぬ。おそらく、五つか六つの大名家に命じられたのでござろう」

「一つの大名家が受け持つ費えはどのくらいになりまするか」

「一万両ほどであろう」

一万両か、と考え、義之介はうなだれた。和泉守は、再築費用の額を聞いて義之介が落胆したと思ったであろうが、実際はちがった。

――兄上、たかが一万両ごときで死なずともよかったのですよ。一万両には及びませぬが、金ならあったのです。

猿の儀介として稼いだ金が、義之介の脳裏をよぎった。

「実をいえば、信濃守さまは高山家を潰そうとしたのではないかと思える節《ふし》がござる」

「それはどういうことでしょう」

「高山どのの所領である笹高は、米どころでござろう」

「はっ、おかげさまで評判を呼んでおります」

「なんでも、高値で売れるとか……」

「さようにございますが、堀江信濃守さまはそれを狙って我が家を取り潰しに追い込もうとしたのでございますか」

「証拠はないが、そうではないかという風聞はござった。信濃守さまは悪徳の米問屋として知られる岩田屋と親しい仲でござってな。岩田屋と組んで一儲けを企んだのではないかと、余はにらんでおる」

「そんな……」

もし堀江信濃守がそんな企みをしなかったら、今も堂之介は生きていたのではないか。くそう、と義之介は歯噛みした。

「そなたの気持ちはよくわかる。だが、今は耐えてくだされ。余がきっと下野守どのやそなたの無念を晴らしてみせるゆえ」

「まことでございますか」

畳に両手を揃えて義之介はきいた。

「まことにござる。余は必ず信濃守さまを老中首座から追い落とすつもりだ。そなたも余に力を貸してくれるか」

「もちろんでございます」

和泉守への忠誠を義之介は誓った。だがその前にしておかねばならぬことがある、と覚った。今いっておかなければならない。その覚悟を義之介は固めた。

「それがし、和泉守さまにお話ししておかねばならぬことがございます」

「ほう、それはなにかな」

目を光らせて和泉守がきいてきた。

「どうか、驚かずにきいてください」

丹田《たんでん》に力を込め、義之介は口を開いた。

「江戸を騒がせている猿の儀介という盗賊を、和泉守さまはご存じでございましょうか」

「うむ、存じておる。悪徳商人から金を奪い、庶民から喝采《かっさい》を浴びておるそうな」

「その猿の儀介の正体ですが、実はそれがしと弟の角之介でございます」

「なに」

正気か、という目で和泉守が義之介を見る。

「そなたの顔を見る限り、どうやら戯《ざ》れ言《ごと》ではないようじゃな」

はっ、と義之介は首肯した。それから、どういう手口で盗みを働いてきたか、事細かに説明した。

さすがの和泉守が、むう、とうなった。

「まことにそなたたちは猿の儀介でまちがいないようだ」

なにゆえ金が必要だったか、そのことも義之介は述べた。さらに、自分の行列を襲った者が角之介であるとも和泉守に伝えた。

「ともに盗みを働いた弟が、そなたを殺そうとしたというのか」

和泉守が愕然とする。

「さようにございます」

そのわけも義之介は語った。

「なるほど、そなたが高山家の家督を継ぐことになったのが、仲たがいの発端か」

和泉守は合点がいったような表情だ。

「それがしが角之介の動きをなんとしても押しとどめようと、刺客を放ちました。それが最もならぬ手だったのでございましょう」

「余でも同じことをするぞ」

その言葉を義之介は和泉守の許しと受け取った。

「よくぞ、話してくれた。余はそなたを命に代えて守ろう」

「ありがたきお言葉」

感激し、義之介は平伏した。

「それで高山どの、角之介をどうする気でおるのだ」

「和泉守さまはどうお考えでございましょう」

「この世から除いたほうがよい。さすれば、猿の儀介のことを知る者は、余とそなただけになる。ちがうか」

「いえ、ちがいませぬ。それがしが猿の儀介について他言したのは、和泉守さまが初めてにございます」

「そうであろう」

満足げな笑みを和泉守が見せる。

「高山どの、猿の儀介の件はここだけの話にしておくのだ。承知か」

「承知いたしました」

深々とひれ伏した義之介の前から、和泉守が去っていった。誰もいなくなった部屋から、ほっと息をついて義之介は退出した。

駕籠を止めた下馬所に戻ると、そこに陸作が立っていた。

「無事であったか」

笑みを浮かべて義之介は陸作の肩を軽く叩いた。

「うれしいぞ」

「はっ、かろうじて命をつなぎましてございます」

首筋を撫でて陸作が答えた。

「よく角之介にやられなかったな」

「町方役人とおぼしき者が助けに入ってくれました。それで、なんとか……」

「町方が……」

「はっ。まだ若い役人でしたが、長脇差を得物に角之介さまと戦ってくれました」

「その町方役人は無事か」

「無事にございます。連れていた中間二人も加勢してくれましたし……」

「その町方役人の名をきいたか」

「いえ、角之介さまがたまらず逃げ出すと、そのあとを追いかけていきましたので……」

「町方が角之介を追いかけていったか」

まずいな、と義之介は眉を曇らせた。

「殿、どうかされましたか」

陸作にきかれ、義之介はかぶりを振った。

「なんでもない。よし、上屋敷に戻るぞ」

義之介は駕籠に乗り込んだ。すぐに行列が動き出す。幸いにも角之介に傷を負わされた家臣は一人もいなかった。

おそらく角之介は家臣に対しては手加減をしたのだろう。端から傷つけるつもりがなかったにちがいない。

上屋敷への帰り道は何事もなかった。義之介が座敷に落ち着くやいなや、陸作が、用心棒が要りますな、とつぶやいた。確かに高山家の家臣では、角之介に太刀打ちできない。

「用心棒というと、雇うことになるのか」

「さようにございます」

「腕利きの用心棒に心当たりはあるのか」

義之介がきくと、陸作が、ございます、とかしこまった。

「出入りの口入屋を呼びます」

「それは信用できる者か」

「もちろんでございます。きっと腕利きの者をよこしてくれましょう」

確信のある声音でいい、陸作が深くうなずいた。

五

直之進は岩田屋に忍び込んできた猿の儀介を二度、追い払った。

そのために今朝、岩田屋からお払い箱になった。

いくら猿の儀介が執念深いといっても、三度目はございますまいよ。そう考えて恵三は直之進に払う金を惜しんだのだ。

――確かに岩田屋のいう通りであろうな。三度目はあるまい。

猿の儀介は来ないかもしれないが、不逞《ふてい》の輩はいくらでもやってきそうだ。それを恵三はどうするつもりなのか。

やくざ者と深くつながっているらしいから、そのあたりを使う気でいるのだろうか。直之進には、もはやどうでもよいことだった。恵三など正直、どうなろうとかまわない。気がかりは娘のおさちだ。おさちは素直なよい娘だ。幸せになってほしいが、直之進がしてやれることは、なにもない。

午前中のうちに秀士館に戻り、館長の大左衛門に無事に仕事を終えた旨を伝え、前と同じように炊き出しの手伝いをはじめた。

ようやく秀士館の建物の再建が進みはじめた。道場の普請も、はじまっている。

元は台所だった場所で米を炊いていると、富士太郎が珠吉と伊助を連れてやってきた。

「直之進さん、お話があるのですが」

門人に竈の火を見ておくように頼み、直之進は普請の槌音《つちおと》があまり聞こえない静かな場所に行った。

これまでの探索の成果すべてを、富士太郎が熱心に話しはじめた。

富士太郎の話を聞いて、直之進は納得した。富士太郎の考えは正しい。それ以外の答えは、きっとない。

「よくそこまで調べたものだ。さすが富士太郎さんだ」

心の底から直之進は感心している。

「いえ、運がよかったのですよ」

「いや、運だけではそこまではなかなか調べられぬ。神さまは、努力した者だけに微笑むものだと俺は思っている」

おや、と直之進は声を発した。

「富士太郎さん、袖が切れているではないか」

「ああ、これですか」

苦笑しつつ、なにがあったのか富士太郎が語って聞かせた。なんと、と直之進は驚きの声を上げた。

「千代田城に向から高山家の行列を、弟の角之介が襲ったのか。富士太郎さんたちは、角之介を取り囲んで捕らえようとしたのだな」

「さようです。残念ながら取り逃がしてしまいましたが……」

無念そうに富士太郎が首を振った。

「ですが、きっと次がありましょう。そのときは必ず捕らえます」

そういって、富士太郎たちが帰っていく。入れちがいに、また琢ノ介がやってきた。

「岩田屋からお払い箱になったそうだな」

「ああ」

「給金はもらったか」

「ああ、約束通りの金はもらった。それで、口銭《こうせん》として、おぬしにいくら払えばよい」

直之進はたずねたが、琢ノ介が笑って手を振った。

「いらんよ。給金は小遣いとして取っておけばいい」

「しかし……」

「本当によいのだ」

「ならばおきくに渡そう」

「それがよい。実をいうと、またおぬしに仕事を頼みに来た」

「用心棒か」

「むろんそうだ」

「どこだ」

「今度は大名家だ」

「なんという大名家か、当ててみせようか」

「なんだ、おぬしにしては珍しい。大口を叩くではないか」

「高山家であろう」

「よくわかったな」

ぎろりと目を動かし、琢ノ介がねめつけてきた。

「直之進、富士太郎から聞いたな」

「琢ノ介、ここに来る途中、富士太郎さんたちと会わなかったか」

「会わなかったな。富士太郎は別の道で帰ったのだろう」

「高山家の殿さまの義之介を、弟の角之介から守るのだな」

「そうだ。ここだけの話だが、富士太郎によると、義之介さまと角之介さまが猿の儀介らしいのだが、そのことを直之進はもう知っておるか」

「先ほど富士太郎さんから聞いたばかりだ。なんでも兄弟は仲たがいをしたらしいな。千代田城に向かう義之介の行列を、角之介が襲ったと聞いたが」

「その通りだ。そのために、高山家としては用心棒を欲している。どうだ、直之進。受けるか」

「ああ、受けよう」

直之進に否《いな》やはなかった。

「高山家の兄弟が猿の儀介となったのには、いろいろとわけがありそうだからな。せめてどちらかが生き残り、高山家を存続させてほしい。それが家臣のためであろう」

「わしも同じ考えよ。まさか直之進、すべてを胸にしまうつもりか」

「高山家の出方次第であろうな」

琢ノ介とともに再び直之進は大左衛門のもとに向かった。大左衛門に会い、また用心棒をつとめる許しをもらった。

その後、おきくにわけを話すと、また着替えを用意してくれた。

着替えの入った風呂敷包みを手に直之進は、琢ノ介と一緒に三味線堀にある高山家の上屋敷に赴いた。

「よくいらしてくださった」

満面の笑みで、用人の田ノ上陸作が直之進たちを出迎えた。

「米田屋によれば、湯瀬どのは江戸でも屈指の遣い手とのこと。それほどの遣い手に我が殿の警固についていただける。大船に乗ったような気分とは、今のそれがしのことを申すのでござろう」

一日の用心棒代は金二分で決まった。つまり二日で一両である。

さすがに小たりとはいえ、大名家だけのことはあるな、と直之進は感心した。

そこまで決めて琢ノ介は帰っていった。直之進は用人に連れられて奥に向かった。客間で殿の義之介に会った。

直之進を一目見て、義之介の表情が変わった。岩田屋にいた俺を覚えているようだな、と直之進は思った。

「お二人に最初にいっておきますが、それがしはすべての事情を存じています」

なにゆえ義之介が角之介に狙われることになったのか、そのわけを委細《いさい》漏らさず直之進は語った。

それを聞いて義之介と陸作が顔色を変えた。

「なにゆえそこまで……」

呆然として義之介がつぶやいた。

「猿の儀介の正体、誰にも話さぬゆえ安心してください」

二人に向かって直之進は穏やかに告げた。

直之進には義之介の隣の部屋が与えられた。清潔な八畳間で、ここを自由に使ってよいと陸作にいわれた。

明くる朝、直之進は義之介の行列の警固についた。義之介が高山家の跡取りと認めてもらうため、将軍に会いに千代田城に行くという。

往路に角之介の襲撃はなかった。

ほぼ一日、直之進は千代田城外で義之介の帰りを待った。

――やはり人に仕えるというのは、辛いものがあるな……。俺は殿から自由をいただいて、本当によかった。

直之進の主君は真興《さねおき》である。健やかにしていらっしゃるだろうか、と思った。今は国元にいるが、春になれば、参勤交代で江戸にやってくる。その頃にはさすがに富士山の噴火もおさまっているだろう。

直之進は、真興に会うのが楽しみでならなかった。

夕暮れが近づいた頃、ようやく義之介が下馬所に戻ってきた。さすがに疲れた顔をしている。駕籠に乗り込み、引き戸を閉めた。行列が動きはじめ、直之進は駕籠の真後ろについた。ここなら前後左右どこから角之介が襲ってきても、対応できる。

だが結局、復路でも角之介の襲撃はなかった。何事もなく行列は上屋敷に戻ってきた。

その夜、直之進は義之介の寝所の隣の部屋で息を殺していた。

なんとなく予感がある。今宵、角之介が忍んでくるのではないか。

角之介は下屋敷で育ったとはいえ、上屋敷の中についても熟知しているはずだ。危険を承知で、義之介の寝所を目指して忍んできても、不思議ではない。

壁に背中を預け、直之進は目を閉じていた。いま何刻頃か。九つをとうに回っているのではないだろうか。

不意に直之進の肌がぴりぴりしてきた。これは、前に猿の儀介が岩田屋に忍び込んできたときと同じではないか。

――やはり来たか。

抱いていた刀を手に直之進は立ち上がった。

角之介の目当ては義之介であろう。するりと襖を開け、直之進は義之介の寝所に足を踏み入れた。

行灯が一つ灯された中、布団の盛り上がりが見える。腰に刀を差した直之進は布団のそばに立ち、じっと待った。

露わになった気配が徐々に近づいてくる。気配を消そうとしていないのは、用心棒が義之介のそばについているのを知っているからか。それとも俺だと見当がついているのか、と直之進は思った。

気配が真上にやってきた。直之進は頭上を見上げた。

それと同時に天井板がすっと開く。こちらをのぞき込む二つの目が見えた。その目が直之進を捉える。

「やはりきさまだったか。肝が冷えるような巨大な気は、そういうことではないかと思っていた」

角之介を見据えて直之進は刀を抜いた。

「おとなしく引き上げるなら、見逃してやるが、どうだ」

「その気はない」

いきなり角之介がなにか玉のような物を投げつけてきた。それが畳でいくつかに割れ、灰がぽわっと立った。目潰しか、と直之進は後ろにさっと下がった。

その隙に角之介が天井裏から飛び降りてきた。もうもうと灰色の煙が立ち込める中、直之進は角之介に向かって刀を振った。

それを角之介が、右手一本で握った刀で弾き返してきた。意外な力強さで、直之進は少し驚いた。

だが、それでも直之進には十分すぎるほどの余裕があった。どれほどの窮地に陥ろうと、逆転できるという確信があった。

捕らえるほうがよいのか。やはり義之介の弟である。殺すわけにはいかないだろう。直之進は手加減しつつ、角之介を徐々に追い詰めていった。さすがにこの猛攻に胴、逆胴、袈裟懸け、逆袈裟と連続技を見舞っていった。必死に踏ん張ったところに、直之進耐えきれず、角之介がよろけそうになった。

それを刀で受けたものの、角之介が体勢を崩し、がくりと片膝をついた。

これ以上の好機はなかった。直之進は真上から刀を落としていった。むろん、角之介の命を奪わないように手加減する。

だが、そのせいで直之進の斬撃は角之介にがっちりと受け止められた。すぐさま角之介が刀の角度を変えたらしく、直之進の刀が斜めに滑り落ちていく。

あっ、と思ったときには、直之進は体勢を崩しかけていた。即座に立て直そうとしたところに、胴へと反転した斬撃が襲いかかってきた。これまでとは比べものにならないほど速かった。しかも、右手一本で刀尖が蛇の舌のごとくに伸びた。

やられてたまるか。これまで何度も今以上の窮地に立たされ、そのたびに虎口を脱してきた。今度も同じだ。直之進は思い切り体をひねった。

刀尖が横腹のあたりをかすめていく。着物くらいは裂いたかもしれないが、それだけだった。

直之進はしのぎきったことを覚り、右手一本で刀を突きに持っていった。うおっ、と叫んで角之介がかわそうとするが、直之進の刀のほうが速かった。角之介の左肩を刀尖が貫いた。すぐにすっと刀を引き、直之進は正眼に構えた。

うぅぅ、と角之介がうめき声を漏らす。

「右手一本でお返ししてくるとは、さすがとしかいいようがないな」

「もうこれ以上やっても無駄だ。勝負はあった。おとなしく縛《ばく》につけ」

「いやだ」

よろよろと足を動かして、角之介が柱を背にしてどすんと腰を下ろした。手にしていた刀を、もはや無用とばかりに畳に投げ捨てた。右手で腰の脇差を引き抜く。自害しようとしているのがわかった。

止めるか、と直之進は思った。いや、止めぬほうがよいのではないか。

ここで捕まれば、角之介がどうなるか、先は見えている。どのみち死しかない。

「これだけ動き回ったのに、兄上はまだ眠っているのか」

布団の盛り上がりは微動だにしない。直之進はそれに近づき、掛布団をめくりあげた。枕が二つ、人の代わりに置いてあるだけだ。

「なんだ、兄上は端からここにおらなんだか」

「おぬしが襲ってくるとわかっていて、わざわざ寝所で待つ者はおらぬ」

「我が兄上なら、寝所を動かぬような気がしたが、買い被りだったか」

「いや、義之介どのはここを動かぬとおっしゃった。それを俺が無理に動いてもらった」

「どこにおる」

「隣の間だ。家臣を置かず、ただの一人でそこにおられる」

その途端、からりと襖が開き、義之介が入ってきた。

「角之介っ」

叫んだ義之介が、切なそうな目で角之介を見る。

「済まなかった。許してくれ」

「兄上、よいのです。それがしも兄上を殺そうという気はなかった。今宵、死ぬ気で忍んできたのは、一目だけでも兄上の顔が見たかったからです」

それで気配を露わにしていたのか、と直之進は納得した。

「角之介、いま医者を呼んでくる。おとなしく待っておれ」

義之介があわただしく寝所を出ていく。

「しかし、あんたは強いな」

苦笑を浮かべて角之介が直之進を褒める。

「名はなんていうのだ。冥土《めいど》の土産に聞かせてくれぬか」

別に秘するようなことではなく、直之進は教えた。

「湯瀬直之進か。よい名だ」

「おぬしの名もよいぞ」

「そうかな。それで湯瀬」

「なにかな」

「高山家をどうする気だ。猿の儀介の正体を公儀に訴え出るのか」

「その気はない。義之介どのにもその旨は伝えてある。そなたらにも、それなりの正義があったのだろう」

「だが、俺は加藤屋のあるじを端から殺すつもりでおったのだぞ」

「あそこの主人は、おぬしが殺さずとも、ほかの誰かにいずれ殺されていた」

「岩田屋のあるじも殺そうとした。おぬしに阻《はば》まれたがな」

「あそこも同じだ。岩田屋のあるじは、いい死に方はせぬ」

角之介を見つめて直之進は断言した。

「それならよいのだが……。ではそろそろおさらばするか」

「義之介どのを待たぬのか」

「兄上を待っていれば、死に遅れるような気がする」

右手で握り締めた脇差を持ち上げ、角之介がためらうことなく喉を突いた。ぐっ、と息が詰まった音を発したが、さらに腕に力を込めたのが知れた。

脇差が首を貫く。畳の上に力なく横たわった。そのときにはもう角之介は呼吸をしていなかった。瞳が虚空を見つめている。

そこに義之介が戻ってきた。

おびただしい血を流して息絶えている角之介を見て、ああ、と悲痛な声を上げる。両膝をつき、額《ひたい》を畳にこすりつけて嗚咽しはじめた。

富士山の噴火がようやく終わった。

さすがに直之進は安堵の色を隠せない。肩の荷が下りた気分だ。誰もが同じ思いでいるのではないか。

塚ノ介が秀士館にやってきた。

「高山家はどんな様子だ」

最も気にかかっていることを、直之進はすぐさまたずねた。

「なにも変わらんよ。当主になったばかりの義之介さまは、今は老中の結城和泉守にべったりだ」

「そうか。つつがないなら、それでよい」

「とにかく、富士山の噴火が収まってよかったな。それがわしにとってはなによりだ。正直、生きた心地がしなかった」

「実をいえば俺もだ。この世の終わりが来るのではないかと思っていた」

「相変わらず直之進は肝が小さいな」

「塚ノ介よりは大きいさ」

「どちらも似たりよったりだろう」

そういったのは佐之助である。

「きさまら、富士山の噴火が終わる瞬間を見たか」

佐之助にきかれ、直之進は首を横に振った。

「いや、見ておらぬ」

「わしも直之進と同じだ」

「まさか倉田は見たのではあるまいな」

「それが見たのだ。明け方だった。いきなり口をつぐんだかのように煙を吐き出さなくなった」

「それはいいものを見たな。うらやましいぞ」

「これで噴火の瞬間も見ていたらと思うが……」

「そこまで望むのは思い上がりというものだ」

「思い上がりというほど大袈裟ではあるまい。おや」

佐之助が門のほうを眺めてつぶやいた。

「あれは樺山づきの中間ではないか」

こちらに向かって走ってくる男を、直之進はじっと見た。

「伊助だな」

伊助が直之進たちのそばにやってきた。息を整える前に驚くべきことを告げた。

岩田屋の一人娘のおさちが昨日からいなくなったというのだ。どうやらかどわかされたらしい。

今はまだ誰の仕業か、判明していない。岩田屋に身代《みのしろ》を要求する文も届いていないとのことだ。

「うちの旦那から、湯瀬さまにお知らせするように命じられましたので……」

一礼して伊助が駆け去っていく。

おさちの身にいったいなにがあったのか。

恵三はいい死に方はしないと角之介にいったが、まさかおさちの身になにかあるとは思わなかった。

――おさちがさらわれたのも、もしや恵三のせいであろうか……。

無事でいてくれと願うが、心の中に勢いよく黒雲が広がっていくのを、直之進は止めようがなかった。

この作品は双葉文庫のために書き下ろされました。

双葉文庫

す-08-47

口入屋用心棒《くちいれやようじんぼう》

猿兄弟《ましらきようだい》の絆《きずな》

2020年12月13日　第1刷発行

【著者】

鈴木英治《すずきえいじ》

【発行者】

箕浦克史

【発行所】

株式会社双葉社

〒162-8540 東京都新宿区東五軒町3番28号

［電話］03-5261-4818(営業)　03-5261-4833(編集)

www.futabasha.co.jp(双葉社の書籍・コミックが買えます)

【印刷所】

中央精版印刷株式会社

【製本所】

中央精版印刷株式会社

【フォーマット・デザイン】

日下潤一

ISBN978-4-575-67031-8 C0193

Printed in Japan

金子成人　ごんげん長屋つれづれ帖【一】
かみなりお勝
長編時代小説〈書き下ろし〉

根津権現門前町の裏店を舞台に、長屋の人情や親子の情をたっぷり描く、くすりと笑えてほろりと泣ける傑作人情シリーズ、注目の第一弾！

坂岡真　照れ降れ長屋風聞帖【一】
大江戸人情小太刀
長編時代小説

長屋で仲人稼業のおまつの尻に敷かれる浅間三左衛門。しかしこの男、滅法強い！　江戸の粋と人生の機微が詰まった名作、待望の新装版。

坂岡真　照れ降れ長屋風聞帖【二】
残情十日の菊
長編時代小説

居合の達人と洗濯女の仲を取り持った浅間三左衛門。だが契りを結んだ後、男は姿を消した。行方を追う三左衛門は男の苛烈な運命を知る。

坂岡真　照れ降れ長屋風聞帖【三】
遠雷雨燕《えんらいあまつばめ》
長編時代小説

狙いは天下の越後屋——凶賊雨燕が再び蠢き出す。一方の越後屋にも言うに言えぬ秘密があった。三左衛門の人情小太刀が江戸の悪を撃つ！

坂岡真　照れ降れ長屋風聞帖【四】
富の突留札《つきどめふだ》
長編時代小説

突留百五十両を当てたおまつら女四人が賊に襲われた。庶民のささやかな夢を踏みにじる卑劣なカラクリを三左衛門の人情小太刀が斬る!!

坂岡真　照れ降れ長屋風聞帖【五】
あやめ河岸《がし》
長編時代小説

殺された魚問屋の主の財布から、別人宛ての遊女の起請文が見つかった。痴情のもつれを装って闇に蠢く巨悪を、同心の半四郎が追う!!

坂岡真　照れ降れ長屋風聞帖【六】
子授け銀杏《いちょう》
長編時代小説

照降長屋に越してきた剽軽な侍、頼母が身請け話の持ち上がっている芸者に惚れた。三左衛門らは一肌脱ぐが、悲劇が頼母を襲う。

坂岡真　照れ降れ長屋風聞帖【七】
仇《あ》だ桜《ざくら》
長編時代小説
幕臣殺しの下手人として浮上した用心棒は、三左衛門を兄の仇と狙う弓削冬馬だった!!　満開の桜の下、ついに両者は剣を交える。

坂岡真　照れ降れ長屋風聞帖【八】
濁《にご》り鮒《ぶな》
長編時代小説
齢四十を超えて初の我が子誕生を待ちわびる三左衛門に、空前の出水が襲いかかる!!　愛するおまつと腹の子を守り抜くことができるか。

坂岡真　照れ降れ長屋風聞帖【九】
雪見舟
長編時代小説
一本気な美剣士、天童虎之介と交誼を結んだ浅間三左衛門は会津藩の命運を左右する巨悪に共に立ち向かう。やがて涙の大一番を迎え——！

坂岡真　照れ降れ長屋風聞帖【十】
散り牡丹《ぼたん》
長編時代小説
兇状持ちを追う隠密の雪乃は、浪人どもに絡まれたお忍び中の殿様を助け、一目惚れされる。探索のため殿様に近づく雪乃だったが——。

坂岡真　はぐれ又兵衛例繰控《れいくりびかえ》【一】
駆込み女
長編時代小説〈書き下ろし〉
南町の内勤与力、天下無双の影裁き！「はぐれ」と呼ばれる例繰方与力が頼れる相棒と悪党退治に乗りだす。令和最強の新シリーズ開幕！

坂岡真　はぐれ又兵衛例繰控《れいくりびかえ》【二】
鯖《さば》断《だ》ち
長編時代小説〈書き下ろし〉
長元坊に老婆殺しの疑いが掛かった。南町の協力を得られぬなか、窮地の友を救うべく奔走する又兵衛のまえに、大きな壁が立ちはだかる。

鈴木英治　口入屋用心棒1
逃げ水の坂
長編時代小説〈書き下ろし〉
仔細あって木刀しか遣わない浪人、湯瀬直之進は、江戸小日向の口入屋・米田屋光右衛門の用心棒として雇われる。好評シリーズ第一弾。

鈴木英治　口入屋用心棒2　匂い袋の宵　長編時代小説〈書き下ろし〉
湯瀬直之進が口入屋の米田屋光右衛門から請けた仕事は、元旗本の将棋の相手をすることだったが……。好評シリーズ第二弾。

鈴木英治　口入屋用心棒3　鹿威《ししおど》しの夢　長編時代小説〈書き下ろし〉
探し当てた妻千勢から出奔の理由を知らされた直之進は、事件の鍵を握る殺し屋、倉田佐之助の行方を追うが……。好評シリーズ第三弾。

鈴木英治　口入屋用心棒4　夕焼けの甍《いらか》　長編時代小説〈書き下ろし〉
佐之助の行方を追う直之進は、事件の背景にある藩内の勢力争いの真相を探る。折りしも沼里城主が危篤に陥り……。好評シリーズ第四弾。

鈴木英治　口入屋用心棒5　春風《はるかぜ》の太刀　長編時代小説〈書き下ろし〉
深手を負った直之進の傷もようやく癒えはじめた折りも折り、米田屋の長女おあきの亭主甚八が事件に巻き込まれる。好評シリーズ第五弾。

鈴木英治　口入屋用心棒6　仇討ちの朝　長編時代小説〈書き下ろし〉
倅の祥吉を連れておあきが実家の米田屋に戻った。そんな最中、千勢が勤める料亭・料永に不吉な影が忍び寄る。好評シリーズ第六弾。

鈴木英治　口入屋用心棒7　野良犬の夏　長編時代小説〈書き下ろし〉
湯瀬直之進は米の安売りの黒幕・島丘伸之丞を追う的場屋登兵衛の用心棒として、田端の別邸に泊まり込むが……。好評シリーズ第七弾。

鈴木英治　口入屋用心棒8　手向けの花　長編時代小説〈書き下ろし〉
殺し屋・土崎周蔵の手にかかり斬殺された中西道場一門の無念をはらすため、湯瀬直之進は復讐を誓う……。好評シリーズ第八弾。

鈴木英治
口入屋用心棒9
赤富士の空
長編時代小説〈書き下ろし〉

人殺しの廉で南町奉行所定廻り同心・樺山富士太郎が捕縛された。直之進と中間の珠吉は事の真相を探ろうと動き出す。好評シリーズ第九弾。

鈴木英治
口入屋用心棒10
雨上《あめあが》りの宮《みや》
長編時代小説〈書き下ろし〉

死んだ緒加屋増左衛門の素性を確かめるため、探索を開始した湯瀬直之進。次第に明らかになっていく腐米汚職の実態。好評シリーズ第十弾。

鈴木英治
口入屋用心棒11
旅立ちの橋
長編時代小説〈書き下ろし〉

腐米汚職の黒幕堀田備中守を追詰めようと策を練る直之進は、長く病床に伏していた沼里藩主誠興から使いを受ける。好評シリーズ第十一弾。

鈴木英治
口入屋用心棒12
待伏せの渓《たに》
長編時代小説〈書き下ろし〉

堀田備中守の魔の手が故郷沼里にのびたことを知り、江戸を旅立った湯瀬直之進。その道中、直之進を狙う罠が……。シリーズ第十二弾。

鈴木英治
口入屋用心棒13
荒南風《あらはえ》の海
長編時代小説〈書き下ろし〉

腐米汚職の真相を知る島丘伸之丞を捕えた湯瀬直之進は、海路江戸を目指していた。しかし、黒幕堀田備中守が島丘奪還を企み……。

鈴木英治
口入屋用心棒14
乳呑児《ちのみご》の瞳《め》
長編時代小説〈書き下ろし〉

品川宿で姿を消した米田屋光右衛門の行方をさがすため、界隈で探索を開始した湯瀬直之進。一方、江戸でも同じような事件が続発していた。

鈴木英治
口入屋用心棒15
腕試しの辻
長編時代小説〈書き下ろし〉

妻千勢が好意を寄せる佐之助が失踪した。複雑な思いを胸に直之進が探索を開始した矢先、千勢と暮らすお咲希がかどわかされかかる。

鈴木英治
口入屋用心棒16
裏鬼門《うらきもん》の変
長編時代小説
〈書き下ろし〉
ある夜、江戸市中に大砲が撃ち込まれる事件が発生した。勘定奉行配下の淀島登兵衛から探索を依頼された湯瀬直之進を待ち受けるのは!?

鈴木英治
口入屋用心棒17
火走《ひばし》りの城
長編時代小説
〈書き下ろし〉
湯瀬直之進らの探索を嘲笑うかのように放たれた一発の大砲。賊の真の目的とは? 幕府の威信をかけた戦いが遂に大詰めを迎える!

鈴木英治
口入屋用心棒18
平蜘蛛《ひらぐも》の剣
長編時代小説
〈書き下ろし〉
口入屋・山形屋の用心棒となった平川琢ノ介。あるじの警護に加わって早々に手練の刺客に襲われた琢ノ介は、湯瀬直之進に助太刀を頼む。

鈴木英治
口入屋用心棒19
毒飼《どくが》いの罠
長編時代小説
〈書き下ろし〉
婚姻の報告をするため、おきくを同道し故郷沼里に向かった湯瀬直之進。一方江戸では樺山富士太郎が元岡っ引殺しの探索に奔走していた。

鈴木英治
口入屋用心棒20
跡継ぎの胤《たね》
長編時代小説
〈書き下ろし〉
主君又太郎危篤の報を受け、沼里へ発った湯瀬直之進。跡目をめぐり動き出した様々な思惑、直之進がお家の危機に立ち向かう。

鈴木英治
口入屋用心棒21
闇隠《やみがく》れの刃
長編時代小説
〈書き下ろし〉
江戸の町で義賊と噂される窃盗団が跳梁するなか、大店に忍び込もうとする一味と遭遇した佐之助は、賊の用心棒に斬られてしまう。

鈴木英治
口入屋用心棒22
包丁人の首
長編時代小説
〈書き下ろし〉
拐かされた弟房興の身を案じ、急遽江戸入りした沼里藩主の真興に隻眼の刺客が襲いかかる!沼里藩の危機に、湯瀬直之進が立ち上がった。

鈴木英治
口入屋用心棒23
身過《みす》ぎの錐《きり》
長編時代小説〈書き下ろし〉
米田屋光右衛門の病が気掛りな湯瀬直之進は、高名な医者雄哲に診察を依頼する。そんな折、平川琢ノ介が富くじで大金を手にするが……。

鈴木英治
口入屋用心棒24
緋木瓜《ひぼけ》の仇《あだ》
長編時代小説〈書き下ろし〉
徐々に体力が回復し、時々出歩くようになった米田屋光右衛門。そんな折り、直之進のもとに光右衛門が根岸の道場で倒れたとの知らせが！

鈴木英治
口入屋用心棒25
守り刀の声
長編時代小説〈書き下ろし〉
老中首座にして腐米騒動の首謀者であった堀田正朝。取り潰しとなった堀田家の残党に盟友和四郎を殺された湯瀬直之進は復讐を誓う。

鈴木英治
口入屋用心棒26
兜割《かぶとわ》りの影
長編時代小説〈書き下ろし〉
江戸市中で幕府勘定方役人が殺された。その惨殺死体を目の当たりにし、相当な手練による犯行と踏んだ湯瀬直之進は探索を開始する。

鈴木英治
口入屋用心棒27
判《はん》じ物《もの》の主《ぬし》
長編時代小説〈書き下ろし〉
呉服商の船越屋岐助から日本橋の料亭に呼び出された湯瀬直之進は、料亭のそばで事切れていた岐助を発見する。シリーズ第二十七弾。

鈴木英治
口入屋用心棒28
遺言状の願《ねがい》
長編時代小説〈書き下ろし〉
遺言に従い、光右衛門の故郷常陸国・鹿島に旅立った湯瀬直之進とおきく夫婦。そこで、思いもよらぬ光右衛門の過去を知らされる。

鈴木英治
口入屋用心棒29
九層倍《くそうばい》の怨《うらみ》
長編時代小説〈書き下ろし〉
八十吉殺しの探索に行き詰まる樺山富士太郎。湯瀬直之進が手助けを始めた矢先、掏摸に遭った薬種問屋古笹屋と再会し用心棒を頼まれる。

鈴木英治
口入屋用心棒37
御上覧《ごじょうらん》の誉《ほまれ》
長編時代小説〈書き下ろし〉
御上覧試合を目前に控え、負傷した右腕が癒えぬままの湯瀬直之進。主家と秀士館の期待を一身に背負い、剣豪が集う寛永寺へと向かう！

鈴木英治
口入屋用心棒38
武者鼠《むささび》の爪
長編時代小説〈書き下ろし〉
品川に行ったまま半月以上帰らない雄哲の行方を捜すため、直之進ら秀士館の面々は探索を開始する。だがその姿は、意外な場所にあった。

鈴木英治
口入屋用心棒39
隠し湯の効《こう》
長編時代小説〈書き下ろし〉
秀士館を代表して納太刀をするため武家の信仰も篤い大山、阿夫利神社に向かう湯瀬直之進。だがその背中をヒタヒタと付け狙う男がいた。

鈴木英治
口入屋用心棒40
赤銅色《しゃくどういろ》の士
長編時代小説〈書き下ろし〉
湯瀬直之進の前に謎の強敵現る！　読売屋の養子に入った商人とは思えぬ風格を漂わせる男。ある日、男を探索していた岡っ引きが消えた。

鈴木英治
口入屋用心棒41
群青色《ぐんじょういろ》の波
長編時代小説〈書き下ろし〉
読売の主にして驚異の遣い手、庄之助。そのきな臭さの根源を探り、直之進、佐之助たちが動く。意外な真実が見えてきた……。

鈴木英治
口入屋用心棒42
黄金色《こがねいろ》の雲《くも》
長編時代小説〈書き下ろし〉
奉行所の前で樺山富士太郎が襲われかばった珠吉が斬られた。怒りに燃える直之進らは下手人を追う。そしてついに決着をつける時が来た！

鈴木英治
口入屋用心棒43
御内儀《ごないぎ》の業《わざ》
長編時代小説〈書き下ろし〉
与力・荒俣土岐之助を恨み命を狙う者がある。夫の危機に立ち向かうは女丈夫、菫子《すみれこ》。天下無双の薙刀をお見舞いする！

鈴木英治
口入屋用心棒44
拝領刀の謎
長編時代小説
〈書き下ろし〉
寺社奉行が盗まれた神君家康公よりの拝領刀を探すよう、樺山富士太郎に密命が下る。この件が別途調べていた謎の転落死と奇妙に繋がる。

鈴木英治
口入屋用心棒45
火付けの槍
長編時代小説
〈書き下ろし〉
殿、ご乱心——木坂藩の藩主が千代田の城で刃傷沙汰を起こした。その裏には幕閣の欲にまみれた陰謀があった。大人気シリーズ第45弾！

鈴木英治
口入屋用心棒46
江戸湊の軛《くびき》
長編時代小説
〈書き下ろし〉
江戸湊に停泊した謎の大船が、航行する船を攻撃した。一方、江戸市中の井戸に毒が撒かれる事件も発生し……。直之進が事の真相に迫る！

藤井邦夫
新・知らぬが半兵衛手控帖
曼珠沙華《まんじゅしゃげ》
時代小説
〈書き下ろし〉
藤井邦夫の人気を決定づけた大好評の「知らぬが半兵衛手控帖」シリーズ。その続編が4年ぶりに書き下ろし新シリーズとしてスタート！

藤井邦夫
新・知らぬが半兵衛手控帖
思案橋《しあんばし》
時代小説
〈書き下ろし〉
楓川に架かる新場橋傍で博奕打ちの猪之吉が死体で発見された。探索を始めた半兵衛の前に猪之吉の情婦の家の様子を窺う浪人が姿を現す。

藤井邦夫
新・知らぬが半兵衛手控帖
緋牡丹《ひぼたん》
時代小説
〈書き下ろし〉
奉公先で殺しの相談を聞いたと、見知らぬ娘が半兵衛を頼ってきた。五年前に死んだ鶴次郎の半纏を持って……。大好評シリーズ第三弾！

藤井邦夫
新・知らぬが半兵衛手控帖
名無《なな》し
時代小説
〈書き下ろし〉
殺しの現場を見つめる素性の知れぬ老人。後を追った半兵衛に権兵衛と名乗った老爺は何を隠しているのか。大好評シリーズ待望の第四弾！